KB006468

남편의 죽음을 허락하지 않은 아내

Рассказ о том, как жена не разрешила мужу умереть

Михайл Зощенко

남편의 죽음을 허락하지 않은 아내

미하일 조센코 지음

예브게니 빠나마료프 옮김

씨네스트

차례

1부

작은 자의 비극

남편의 죽음을 허락하지 않은 아내

페트로그라드 지역(상트페테르부르크에 있는 지역 명칭-옮긴이)에 이반 이바노비치 부틸킨이라는 가난한 화가가 살고 있었다. 그는 포스터와 광고판 같은 것들을 만드는 사람이었다. 그는 잘 살 수 있었다. 하지만 몸이 아파서 제대로 일을 할 수 없었고 그래서 돈도 잘 벌지 못했다. 자기 분야에서 상당한 재능을 가지고 있었는데도 말이다.

그는 기가 막힐 정도로 가난하고 불우한 환경에서 살았지만 좀처럼 불행한 삶에서 벗어날 수 없었다. 게다가 그의 어깨를 무겁게 짓누르는 것이 있었는데, 그것은 부틸킨이라는 성을 가진 그의 아내, 마트

료나 바셀리브나였다. 그와 그녀는 참된 배우자라는 것이 어떤 것인지도 모를 때 결혼을 했다.

그의 아내는 소리만 크게 지를 뿐 아무것도 하는 일이 없었다. 기껏해야 남편에게 밥을 차려주거나 물을 끓이는 것이 전부였다. 몸이 아파 돈을 벌지 못하는 남편에게는 아무 도움도 되지 않는 여자였다.

그녀는 늘 남편에게 욕과 잔소리를 퍼붓고 무례하게 소리를 지르며 소란을 피웠다. 그리고 돈을 더 많이 벌어 오라고 요구하면서, 예술가로 살고 싶은 남편을 끊임없이 괴롭혔다. 그녀는 영화관에 가고 싶다고 했고, 고급 음식인 프리카세를 먹고 싶다고 했다. 물론 남편도 그렇게 해주고 싶었다. 하지만 그게 어디 쉬운 일이겠는가. 그녀는 남편을 못마땅하게 여겼고 남편은 마치 그녀의 하인처럼 살아가고 있었다. 그런데도 그들은 18년이나 함께 살았다. 물론 주먹질을 하며 심하게 싸울 때도 있었지만 어쨌든 큰 말썽 없이 살았다. 물론 그것은 남편이 아내를 친절하게 대했기 때문에 가능한 일이었다. 그리고 또 다른 이유를 찾는다면, 그의 아내가 두려워하는 것이 있었기 때문이다. 첫째는 혹시라도 남편이 죽거나 남편과 이혼을 하게 되면 자기 힘으로 먹고 살아야 한다는 것이다. 그리고 둘째는 설령 이혼을 해서 다른 놈을 만나더라도 그놈이 아무 일도 하지 않으면서 자신을 부려먹을 수도 있다는 것이다. 그녀는 그런 일이 생길까 봐 두려웠다.

그의 아내는 혁명(이후에 이야기하는 혁명은 1917년 러시아 혁명을 일컫는다-옮긴이)이 일어나기 한참 전에 태어났다. 그래서인지 그녀는, 남편이 일해서 벌어 온 돈으로 열심히 오렌지나 까먹고 연극이나 보면서 아무 걱정 없이 사는 것을 여자의 운명으로 여기는 것 같았다. 그런데 이걸 어째, 남편이 갑자기 아프기 시작했다. 아니, 병을 얻기 전부터 남편의 몸은 많이 쇠약해져 있었다. 거동을 못하는 것도 문제였지만 더 큰 문제는 마음이 약해져 있었다는 것이다. 두 다리야 언젠가는 잘 움직이겠지만 마음의 병은 어떻게 할 수가 없었다. 남편은 다른 삶을 꿈꾸기 시작했다. 어느 날 갑자기 아름다운 배와 궁궐과 꽃들이 꿈에 보이기 시작했다. 그리고 무엇보다 중요한 것은 자기 자신이 많이 변했다는 것이었다. 그는 갑자기 말이 없어지고 몽상에 잠긴 사람처럼 되어 버렸다. 그의 머릿속을 가득 채운 생각은 '집이 편하지 않다', '왜 이렇게 시끄러운 거야', '이웃들은 왜 이렇게 큰 소리로 발랄라이카(우크라이나의 민속 악기 중 하나-옮긴이)를 치는 거야', '발소리는 또 왜 이렇게 큰 거야' 같은 것이었다. 그가 원하는 것은 고요함이었다. 아무래도 죽을 때가 된 것 같았다. 그는 갑자기 생선 요리가 먹고 싶어서 소금에 절인 청어를 먹게 해 달라고 애원했다.

그가 몸져누운 것은 화요일이었다. 그리고 수요일부터 그의 아내가 그를 괴롭히기 시작했다.

"어머, 이 사람 좀 봐! 왜 누워 있어? 꾀병 부리는 거 아니야? 일부러 아픈 척하는 거 아니냐고? 일이 하기 싫어서 그러는 거야? 돈 벌 마음이 없어진 거냐고?"

아내는 잔소리와 험한 말로 남편을 괴롭혔다. 하지만 남편은 아무 대꾸도 하지 않고 생각만 했다.

'그래, 좋아. 잔소리를 하든 말든 상관없어. 어차피

곧 죽을 거니까.'

밤에는 고열에 시달리며 헛소리를 했고 낮에는 진이 빠져 다리를 쭉 뻗은 채로 누워 꿈을 꾸었다.

"내가 원하는 건 하나뿐이야. 죽기 전에 자연의 품에 안기고 싶어."

이런 소원을 빌면서 '이틀 후면 죽게 된다'는 생각에 잠겨 있을 때, 그의 아내가 남편 가까이 다가와 비열한 목소리로 말했다.

"왜, 이제 곧 죽을 것 같으냐?"

남편이 대답했다.

"미안해, 나 이제 죽어. 더 이상 나를 잡지 말아. 난 이제 당신의 손아귀에서 완전히 벗어났으니까."

"그래? 어디 한번 해보자. 나는 당신 같은 사기꾼을 믿지 않아, 이 멍청아! 지금 당장 의사를 불러서 당신 몸을 진찰해 달라고 할거야. 죽을지 안 죽을지 당신이 어떻게 알아! 내게서 벗어날 생각은 하지도 마."

아내는 읍내로 가서 의사를 불러왔다. 그리고 남편의 몸을 진찰한 의사가 이렇게 말했다.

"장티푸스 아니면 폐렴에 걸린 것 같습니다. 상태가 아주 심각해요. 곧 돌아가실 것 같은데…… 아니, 내가 이 집을 나서자마자 죽을지도 몰라요."

이런 말을 남기고 의사는 떠나 버렸다. 그러자 화가 치민 아내가 남편에게 다가와서 말했다.

"뭐야, 진짜 죽는 거야? 아냐, 난 당신을 죽게 놔두지 않을 거야. 병신 같은 인간이 자리에 누워서 제멋대로 할 수 있다고 착각하나 본데 당신 같이 비겁한 인간을 곱게 보내줄 수는 없지."

남편이 말했다.

"그게 무슨 말이야? 의사 선생님도 내가 곧 죽는다고 했잖아. 그런데 왜 당신이 못 죽게 하는 거야? 더 이상 나를 괴롭히지 말아줘."

"그 의사 놈이 뭐라고 했든 상관없어. 난 당신 같은 사람이 죽는 걸 절대 허락하지 않겠다고, 알았어? 아니, 뭐 이런 병신 같은 인간이 다 있어! 당신이 그렇게 부자냐? 죽고 싶을 때 죽을 수 있을 만큼 돈이 많으냐고? 당신 같은 인간은 죽을 자격도 없어. 시체 씻는 것도 돈이 있어야 할 수 있다고."

아내의 말을 들은 이웃집 할머니 아니시야가 대화에 끼어들었다.

"걱정하지 마, 이반 사비치, 내가 씻겨 줄게. 돈 같은 건 필요 없어. 시체 씻는 일이 얼마나 좋은 일인데 그래."

이 말을 들은 아내는 어이가 없었다.

"뭐라고? 시체를 씻어줄 테니 걱정하지 말라고?! 그럼 시체를 넣을 관은 무슨 돈으로 사고, 관을 옮길 때 필요한 마차는 무슨 돈으로 빌려? 그리고 신부에게도 돈을 줘야 하는데……. 설마 지금 나보고 옷을 팔아서라도 그 돈을 마련하라는 건 아니겠지? 아냐, 절대 그렇게 못해. 그리고 이 놈도 그냥 죽게 내버려 두지 않겠어. 죽더라도 돈을 벌어 놓고 죽어야지."

이반 사비치가 놀라면서 말했다.

"아니, 어떻게 그런 말을? 정말 이상한 말을 하네."

"뭐가 이상해? 당신은 절대 못 죽어. 죽고 싶으면 돈을 벌어 와! 죽더라도 두 달 쓸 생활비 정도는 벌어 놓고 죽어야 할 거 아니야!"

"그럼 돈을 빌려야 하나?"

"돈을 빌리든 말든 그건 당신이 알아서 해. 하지만 잊지 말아야 할 것이 하나 있어. 난 당신 같은 바보가 죽는 걸 절대 허락하지 않을 거야."

저녁 때까지 호흡이 고르지 못한 상태에서 마치 죽은 사람처럼 누워 있던 이반 사비치가 갑자기 침대에서 일어나 옷을 주섬주섬 입기 시작했다. 그러고는 신음 소리를 내며 밖으로 나갔다. 그때 앞마당에 나와 있던 경비 이그나트가 말했다.

"축하합니다, 이반 사비치! 건강이 회복된 거죠?"

이반 사비치가 말했다.

"아니, 이그나트, 세상에 이런 법이 어디 있나? 마누라가 나를 죽지 못하게 할 거래. 자기가 쓸 두 달 치 생활비를 벌어 놓고 죽으라는 거야. 이게 말이 돼?! 에이 빌어먹을. 그러나저러나 돈 좀 구할 데 없을까?"

이그나트가 말했다.

"내가 20꼬페이카(러시아의 화폐 단위, 100코페이카는 1루블이다-옮긴이) 정도는 빌려줄 수 있어요."

이반 사비치는 돈을 빌리지 않았다. 그리고 너무

지치고 힘이 들어서 차도와 인도 사이에 있는 작은 기둥 옆에 앉았다. 그런데 그때, 길을 가던 사람이 그의 무릎 위에 동전을 던져 주었다. 이반 사비치의 지친 모습이 많이 불쌍해 보였던 것이다. 이반 사비치는 기운을 차렸다. 그리고 '기왕 이렇게 된 거 좀 더 있어 보자. 아까 그 사람처럼 누군가가 돈을 또 던져 줄지 모르잖아. 아예 모자를 벗고 있을까?'라고 생각했다. 정말 짧은 시간이었지만 많은 사람들이 동전을 던져 주었다.

그날 밤, 이반 사비치는 집으로 돌아오자마자 침대에 드러누웠다. 그의 몸은 땀으로 범벅이 되어 있었고 겉옷에는 눈이 쌓여 있었다. 하지만 중요한 것은 그의 손에 돈이 쥐어져 있었다는 것이다. 아내는 그 돈을 세어보고 싶었다. 하지만 이반 사비치가 허락하지 않았다.

"더러운 손 치우지 못해?"

다음 날 아침, 신음소리를 내며 자리에서 일어난 이반 사비치는 옷을 입고 거리로 나갔다. 그리고 밤에 집으로 돌아와서는 번 돈을 세어본 다음 자리에 누웠다. 셋째 날도 그랬고 넷째 날도 그랬다. 그러다가 몸이 점점 좋아졌고 결국에는 건강을 회복했다. 그 후로는 더 이상 구걸을 하지 않았다. 건강해진 그의 모습이 전혀 불쌍해 보이지 않았기 때문이다. 이반 사비치는 예전에 하던 일을 다시 열심히 하기 시작했다.

그는 죽지 않았다. 그의 아내가 허락하지 않았기 때문이다. 마트료나가 이반 사비치에게 한 일이 바로 그것이었다. 아마 의사 선생님이 이 글을 읽는다면 비웃을지도 모른다. 과학적으로 증명할 수는 없지만 어쨌든 그는 지금도 살아있고 얼마 전에는 고깃집 광고판도 만들었다. 그 일을 의학적으로 설명한다면, '거리로 나간 이반 사비치는 땀을 많이 흘렸다. 그리고 그때 병이 땀과 함께 몸 밖으로 빠져나갔다'라고 해야 할 것이다.

돈밖에 모르는 마누라 덕분에 남편이 목숨을 건진다는 것은 아주 드문 일이다. 보통은 그 반대일 때가 더 많다. 욕심 때문에 모든 것을 잃는 것이다. 다음 이야기가 바로 그런 사람에 관한 이야기이다.

욕심쟁이 우유 판매원 이야기

심페로폴(러시아 남쪽 크림 반도에 위치한 도시-옮긴이)에 한 과부가 살고 있었다. 그녀는 '오' 자로 시작하는 성을 가진 치과 의사였다. 어느 날 그녀는 결혼을 하기로 결심했다. 하지만 요즘 같은 시기에 결혼을 한다는 것이 얼마나 어려운 일인가! 게다가 유식한 여자를 배우자로 삼으려면 남편 될 사람도 유식해야 한다. 프롤레타리아들의 나라에서 인텔리 신랑감을 찾다니, 나 참! 인텔리 신랑감이 있다고 해도 그리 많은 것이 아니고 또 그나마 있는 신랑감들마저도 결혼을 했거나 두집살림 또는 세집살림을 하고 있거나 아니면 아예 몸이 아픈 사람들이다. 현실이 이런데 남편을 잃은 과부가 심페로폴에 살고 있었던 것이다. 그녀의 남편은 폐병으로 죽었는데, 처음에는 남편의 부재를 큰 문제로 여기지 않았다. 하지만 시간이 갈수록 그것이 얼마나 큰 문제인지 알게 되었다. 남편감을 찾기가 쉽지 않다는 것을 깨달은 순간 그녀는 슬퍼지기 시작했다.

슬픔에 빠진 지 일 년쯤 되던 어느 날 그녀는 자신의 슬픈 사연을 우유판매원 아주머니에게 털어놓았다. 아주머니는 과부 집에 우유를 배달하고 있었다. 남편을 먼저 떠나 보낸 과부가 자신의 건강에 각별히 신경을 썼던 것이다. 과부는 매일 2리터씩 우유를 마셨다. 그래서 건강을 유지할 수 있었고 재혼하려는 생각도 할 수 있었을 것이다. 과부는 매일같이 우유판매원 아주머니와 이야기를 나누었다. 물가가 계속 오른다는 이야기나 우유가 점점 묽어져 맛이 예전 같지 않다는 이야기 그리고 무엇보다 신랑감 찾기가 더 힘들어 졌다는 이야기였다.

우유판매원 아주머니가 말했다.

"맞아요, 요새는 신랑감 찾기가 너무 힘든 것 같아요."

치과 의사가 말했다.

"전 먹고 살 만큼 돈도 있고 분위기 좋은 집도 있고 또 보시다시피 그렇게 못생기지도 않았는데 재혼하기가 참 힘드네요. 정말 신문에 광고를 내고 싶은 마음이에요."

우유판매원 아주머니가 말했다.

"신문에 내는 건 좀 그래요. 어떻게 다른 방법을 좀……."

치과 의사가 대답했다.

"돈이 들어도 괜찮으니 어떻게 좀 해봤으면 좋겠어요. 그러니까 제 말은 중매를 서주는 사람에게 돈을 주겠다는 말이에요."

우유판매원 아주머니가 물었다.

"얼마나 주실 건데요?"

"그야 신랑감이 어떤 사람이냐에 따라 다르겠죠. 만약 인텔리를 소개해 준다면 금화 30루블을 주겠어요."

우유판매원 아주머니가 말했다.

"30루블은 적어요. 50루블이라면 내가 한번 해볼

게요. 아는 사람 중에 딱 맞는 사람이 있거든요."

"인텔리인지 아닌지 어떻게 알아요? 잘못해서 무
식한 막벌이꾼을 만나게 되면 어떡하냐구요?"

"무식한 막벌이꾼이라니요? 절대 그렇지 않아요.
아주 인텔리한 기계 설치 기사예요."

의사가 말했다.

"그럼 소개시켜 주세요. 수고비로 일단 10루블 드
릴게요."

이렇게 말하고 두 사람은 헤어졌다. 사실 우유판
매원 아주머니에게는 자기 남편 외에는 딱히 소개시
켜 줄 만한 사람이 없었다. 하지만 돈에 눈이 먼 아
주머니는 어떻게든 치과 의사의 돈을 손에 넣고 싶
었다.

집으로 돌아온 아주머니가 남편에게 말했다.

"니깔라샤, 가만히 앉아서 돈 50루블을 벌게 생겼
어."

아주머니는 자신의 계획을 남편에게 알려주었다.
그것은 돈 많은 치과 의사에게 자기 남편을 소개해
주고 50루블을 받는다는 계획이었다.

"그 여자가 원하면 작스(러시아에서 혼인 서약을 하는 곳-옮긴이)에 가서 혼인신고를 해. 요즘 세상에 그게 뭐 힘든 일이겠어? 오늘 결혼해도 내일 모레 이혼하면 되잖아?!"

그런데 한 가지 알아 두어야 할 것은 우유판매원 아주머니의 남편이 콧수염까지 난 아주 멋있는 남자였다는 사실이다. 남편이 아내에게 말했다.

"그런 거라면 당연히 해야지! 좋아 그렇게 하자구. 가만히 앉아서 50루블을 번다는데 누가 마다하겠어! 혼인신고만 하면 되는 거지?"

며칠 후, 우유판매원 아주머니가 자기 남편을 치과의사에게 소개했고 치과 의사는 약속한 돈을 내주었다. 그런데 세상에 이런 일이······. 우유판매원 아주머니의 남편이 서둘러 혼인 신고를 하고는 그녀의 집에서 살기 시작했다. 닷새가 지나고 열흘이 지났다. 얼마 후에 우유판매원 아주머니가 남편을 찾아가서 물었다.

"어떻게 된 거야?"

남편이 대답했다.

"그냥 여기서 살 거야. 당신과 사는 것보다 여기서 사는 게 훨씬 더 재미있고 좋아."

물론 남편은 자신이 내뱉은 말 때문에 따귀를 한 대 얻어맞았다. 하지만 그는 자신의 뜻을 굽히지 않았다. 그리고 그 후에도 계속 치과 의사와 살았다. 나중에 이 모든 일을 알게 된 치과 의사는 깔깔깔 웃으며 "만약 당신의 의지로 선택한 것이라면 나도 같이 사는 게 좋아"라고 말했다.

그 후에도 우유판매원 아주머니는 몇 번이나 남편을 찾아가 미친듯이 히스테리를 부리며 남편을 돌려 달라고 했다. 하지만 소용이 없었다. 우유판매원 아주머니의 히스테리를 두고 볼 수 없었던 치과 의사는 "이제 우유 넣지 마세요"라고 말했다.

우유판매원 아주머니는 일자리를 잃었다. 그리고 무엇보다 안타까운 것은 50루블에 욕심을 내다가 유식하고 잘생긴 남편을 다른 여자에게 빼앗겼다는 것이다. 아마 그 바보 같은 아주머니는 홀로 자신의 잘못에 대해 생각할 것이다.

목욕탕

동네 사람들 말로는 미국에 가면 아주 좋은 목욕탕들이 있다고 한다. 거기서는 특별한 상자에 옷을 넣어 두기 때문에 도둑맞을 걱정 없이 맘 편하게 목욕을 할 수 있고 심지어 번호표도 받을 필요가 없다는 것이다. 물론 좀 예민한 미국인이라면 목욕탕 직원에게 이렇게 말할지도 모른다.

"목욕할 동안 옷 좀 봐 줘요."

하지만 그게 전부다. 목욕을 다 하고 다시 그 직원에게 가면 직원이 그에게 다리미질까지 한 깨끗한 옷을 주고, 구멍 난 내복을 꿰매 주고, 심지어 행전까지 눈보다 더 희게 만들어 준다는 것이다. 아, 그렇게 살아야 하는 건데.

우리나라 목욕탕들도 그리 나쁜 편은 아니다. 물론 미국 목욕탕을 따라가려면 멀었지만 그래도 목욕 정도는 할 수 있으니까 말이다. 하지만 우리나라 목욕탕들은 번호표가 문제다.

지난 토요일에 나는 목욕탕에 갔다. 미국까지 가기에는 너무 머니까 그냥 우리 동네에 있는 목욕탕에 갔다. 목욕탕에서 표를 두 장 받았는데 한 장은 옷을 보관하는 데 필요한 것이었고 다른 한 장은 외투와 모자를 거는 데 필요한 것이었다. 그런데 목욕을 하려면 옷을 다 벗어야 하고 옷을 다 벗으면 알몸인데 대체 어디에 표를 넣어 두라는 걸까? 아무리 둘러봐도 표를 넣어 둘 만한 곳이 없었다. 눈에 보이는 것은 사람들의 배와 다리뿐, 표를 넣어 둘 만한 주머니가 보이지 않았다. 대체 어쩌라는 거야? 표를 수염에 매달 수도 없고.

나는 하는 수 없이 한쪽 다리에 번호표를 매달았다. 걸음을 옮길 때마다 '탁탁' 하고 번호표 부딪치는 소리가 났다. 걸어 다니기가 영 불편했다. 그렇다고 해서 가만히 있을 수도 없었다. 목욕을 하려면 대야가 있어야 하는데 가만히 있는 사람에게 누가 그 걸 갖다 주겠는가? 나는 어쩔 수 없이 '탁탁' 소리를 내면서 대야를 찾으러 다녔다.

한 뚱뚱한 남자가 대야 세 개를 차지하고 있었다. 그중 하나는 발을 디디고 서기 위해 사용했고 다른 하나는 머리를 감기 위해 사용했으며 나머지 하나는 남들이 가져가지 못하게 왼쪽 손으로 잡고 있었다. 나는 세 번째 대야를 살짝 잡아당겼다(나도 목욕을 해 야 하니). 하지만 그는 대야를 놓지 않았다.

"야! 왜 남의 대야에 손을 대? 사람이 창피한 줄도 모르고 말이야. 너 이 대야로 대가리 한번 맞아 볼 래?"

"아저씨, 양반 상놈이 따로 있는 시대도 아니고 대 가리를 때린다는 게 무슨 말입니까? 정말 자기밖에 모르시는군요. 다른 사람들도 목욕을 해야죠. 여기 가 극장입니까? 대야가 무슨 극장 좌석이냐고요?"

뚱뚱한 남자는 대꾸도 없이 커다란 엉덩이를 내 쪽으로 돌린 채 열심히 목욕을 했다.

'어떻게 할까?' 나는 생각했다. '계속 기다릴 수는

없어. 보아하니 세월아 네월아 계속 목욕을 할 것 같아.'

나는 하는 수 없이 '탁탁' 소리를 내면서 다른 대야를 찾기 시작했다. 한 시간쯤 지난 후에 한 아저씨가 손에 들고 있던 대야를 바닥에 내려놓았다. 떨어진 비누를 찾으려고 그랬는지 아니면 아무 생각 없이 그랬는지 모르지만, 아무튼 나는 그 아저씨 덕분에 대야를 갖게 되었다.

'자, 대야도 있으니 이제 목욕만 하면 되겠다' 하면서 주위를 둘러봤는데 아뿔싸, 앉을 자리가 없었다. 서서 목욕을 한다는 게 말이 돼? 하지만 다른 방법이 없었다. 나는 선 채로 목욕을 시작했다. 한 손으로 통을 잡고 다른 한 손으로 몸을 씻었다. 그런데 문제는 주위가 너무 어수선하다는 것이었다.

가만히 보면 목욕탕이 아니라 무슨 세탁소 같았다. 열심히 바지를 빠는 사람, 있는 힘을 다해 속옷을 비비는 사람, 뭔가를 짜고 있는 사람, 종류도 다양했다. 목욕을 거의 다 했는데 빨래하는 사람들 때문에 몸이 또 더러워졌다. 더러운 비눗물을 계속 나에게 튀기고 있었던 것이다.

이 빌어먹을 놈들아! 빨래하는 소리가 어찌나 큰지 목욕할 마음이 싹 사라진다. 이렇게 시끄러운데 어떻게 제대로 목욕을 할 수 있겠냐는 말이다.

'아이 씨, 더 이상 참을 수가 없네. 집에 가서 한 번 더 씻는 수밖에.'

나는 하는 수 없이 대야를 놔두고 탈의실로 갔다. 표를 내고 옷을 받았다. 그런데 바지가 내 것이 아니었다.

"아저씨! 내 바지는 여기에 구멍이 있는데 이 바지는 여기에 구멍이 있네요."

목욕탕 직원이 불쾌하다는 듯 나를 쳐다보았다.

"우린 그런 것까지 신경 쓸 수가 없어요. 여긴 극장이 아니란 말입니다."

그래, 좋아. 나는 남의 바지를 입고 외투를 가지러 갔다. 그런데 외투를 주지 않았다. 표를 보여 달라는 것이었다. 이런 빌어먹을. 표를 다리에 차고 있으니 그걸 보여주려면 바지를 또 벗어야 했다. 바지를 벗었다. 하지만 표가 보이지 않았다. 표를 매달았던 끈은 그대로 있는데 표가 없었다. 목욕할 때 떨어졌나 보다. 직원에게 끈을 보여주었지만 직원은 외투를 내주지 않았다.

"끈만 보고 옷을 줄 수는 없어요. 사람들이 아무 끈이나 들고 와서 외투를 달라고 하면 내가 어떻게 외투를 내줍니까? 그냥 기다리는 수밖에 없어요. 손님! 사람들이 다 갈 때까지 기다렸다가 남는 외투를 가져가세요!"

"어이, 친구! 그건 아니지. 마지막에 남는 게 제일 나쁜 외투면 어쩔 거요? 여긴 극장이 아니잖소. 내 외투가 어떻게 생겼는지 말해줄 테니 한번 찾아봐 주시오. 한쪽 주머니에 큰 구멍이 나 있고 다른 한쪽 에는 주머니가 떨어져 나가서 아예 없소. 그리고 단추는 제일 위에 달려 있는 하나가 전부요. 그 밑으로 는 단추가 하나도 없소."

결국 그 직원은 외투를 내주었고 나는 옷을 입고 밖으로 나왔다. 그런데 이걸 어째, 깜박하고 비누를 놔두고 나왔다. 나는 다시 목욕탕 안으로 들어가려 고 했다. 하지만 내가 들은 말은 목욕탕에 들어가려면 옷을 벗으라는 말이었다.

"시민 여러분! 말이 됩니까? 옷을 세 번이나 벗다니요! 아니, 여기가 무슨 극장입니까? 다시 들어갈 수 없다면 비누 값이라도 받아야 하지 않겠습니까?"

그런데 비누는 물론 비누 값도 주지 않았다. 안 주겠다는데 어찌할 도리가 없지 않은가. 나는 비누를 포기하고 그냥 집으로 갔다. 물론 이 글을 읽는 사람들 중에는 '아니 이런 목욕탕이 있단 말이야? 주소라도 알려주세요. 어느 목욕탕이죠?'라고 말할 사람도 있을 것이다. 하지만 이건 보통 목욕탕에 관한 이야기이다. 10 코페이카를 내고 들어가는 보통 목욕탕 말이다.

귀부인

그레고리 이바노비치는 숨을 크게 내쉰 다음 소매로 턱을 훔쳤다. 그리고 이야기를 시작했다.

"나는 모자를 쓰고 다니는 여자들을 싫어해. 게다가 모자를 쓰고 고급스러운 스타킹을 신은 여자가 입 안의 금니를 드러내 보이며 퍼그 한 마리를 안고 지나간다면, 난 그런 여자는 꼴도 보기 싫어."

솔직히 난 그렇게 하고 다니는 귀부인들에게 관심이 있었다. 그리고 그런 이상한 여자와 사귀면서 함께 산책도 하고 오페라 극장에 간 적도 있다. 내가 마음이 바뀌게 된 것은 극장에서 그 일 때문이었다.

맞아, 그 오페라 극장이었다. 극장에서 그녀는 그동안 잘 감춰 왔던 자신의 이데올로기를 확실하게 보여주고 말았다.

그녀를 처음 만난 곳은 아파트 단지 안 공터에서 있었던 입주자회의에서 였다. 하필 그녀가 내 눈에 들어왔다. 그녀는 스타킹을 신고 있었고 그녀의 입안에서는 금니가 반짝이고 있었다.

"아가씨, 몇 호에 살죠?" 내가 물었다.

"7호에 살아요." 그녀가 말했다.

"아, 그렇군요. 반가워요, 아가씨." 내가 말했다.

그녀를 본 순간 나는 완전히 반해 버렸다. 그녀가 왜 그렇게 마음에 들었을까? 그때 이후로 나는 7호에 자주 드나들었어. 처음에는 공식적인 일로 가는 것처럼 둘러댔다.

"아가씨, 수도관이나 배수관에 문제 없죠?"

"네, 괜찮아요."

여자는 어깨 담요를 몸에 두르고 더이상 아무 말도 하지 않았다. 단지 눈으로만 나를 강하게 유혹했다. 그녀의 입 안쪽에서는 금니가 눈이 부실 정도로 빛을 내며 나를 어지럽게 했다. 어쨌든 이런 식으로 한 달 정도 드나들었더니 그녀는 내게 완전히 익숙해져 버렸는지 처음과 달리 자세하게 대답을 할 때도 있었다.

예를 들어 내가 "아가씨! 배수관에 아무 문제 없죠?"하고 물으면 그녀는 "네, 그레고리 이바노비치, 배수관도 괜찮고 수도관도 괜찮아요. 정말 감사합니다"라고 대답했다.

우리는 점점 더 친해졌고 함께 산책을 하기도 했다. 거리로 나서면 그녀는 내게 팔짱을 끼라고 말했다. 나는 그녀와 팔짱을 끼고 꼬치고기처럼 이곳 저곳을 돌아다녔다. 어땠느냐고 물어본다면 뭐라고 대답할 수 없다. 다만 사람들 앞이라 부끄러웠다. 그러던 어느 날 그녀가 내게 말했다.

"우리 산책만 하지 말고 다른 것도 해요. 산책만 하니 머리가 어지럽네요. 예의 바르고 교양 있는 남자로서 극장에 저를 초대하지 않겠어요?" 그녀가 말했다.

"그러죠." 내가 말했다.

마침 다음날 지역위원회 당 세포가 오페라 티켓들을 보내왔다. 나는 티켓 한 장을 받았다. 그리고 다른 한 장은 철공 노동자인 친구 바쉬카에게 부탁을 했고 그가 내게 주었다. 처음에 나는 표를 확인하지 않았다, 그런데 나중에 보니 두 표는 전혀 다른 것이었다. 내가 받은 표는 아래 층에 좌석이 있었고, 바시카가 받은 표는 맨 꼭데기 층에 자리가 있었다.

우리는 극장에 갔다. 그리고 우리는 각자의 자리에 앉았다. 그녀는 내 자리에 앉고, 나는 바쉬카의 자리에 앉았다. 나는 맨꼭데기 층에 앉아서 거의 아무것도 보이지 않았다. 물론 좌석 앞 난간에 기대어 몸을 앞으로 숙이면 그녀의 모습을 볼 수 있었다. 하지만 보인다 해도 그렇게 잘 보이는 건 아니었다. 완전히 짜증이 난 나는 더이상 참지 못하고 아래로 내려갔다. 어느덧 중간 휴식 시간이 되었고 그녀는 이곳저곳을 돌아다니고 있었다.

"안녕하세요!" 내가 말했다.

"안녕하세요!"

"여기 수도관은 문제 없이 잘 작동되고 있겠죠?"

내가 말했다.

"글쎄요." 그녀가 말했다.

그리고 그녀는 매점으로 갔다. 나는 그녀를 따라 갔다. 그녀는 매점 안을 왔다 갔다 하다가 진열대 쪽을 봤다. 진열대 접시 위에는 파이가 놓여 있었다.

나는 마치 돈 많은 부자인 양 잘난 척하는 손짓으로 파이를 가리키며 말했다.

"만약 당신께서 파이를 하나 드시고 싶다면 걱정하지 말고 드세요. 제가 계산을 하겠습니다."

"메르씨." 그녀가 말했다.

그리고 갑자기 그녀는 요염한 걸음걸이로 진열대 쪽으로으로 가서 크림파이를 하나 집어서 입에 넣고 먹기 시작했다.

나는 고양이 눈물만큼 돈을 가지고 있었다. 기껏해야 파이 세 개를 사 먹을 수 있을 정도의 돈이었다. 그녀가 과자를 먹고 있는 동안 나는 조심스럽게 주머니 속의 돈을 세어 보았다. 아무리 세어 봐야 그 돈이 그 돈이지.

크림파이 하나를 다 먹어 치운 그녀는 또 다른 파

이를 입에 넣고 먹기 시작했다. 나는 목이 콱 막혔다. 난 아무 말 하지 않았다. 신사 체면에 돈이 없다는 말을 할 수는 없는 것이다.

나는 마치 수탉처럼 안절부절못하며 그녀 주위를 왔다 갔다 했다. 그녀는 큰 소리로 웃으며 내 입에서 알랑거리는 말이 나오게 하려고 애를 쓰고 있었다.

"오페라가 다시 시작하나 봐요. 이제 자리에 가서 앉아야 할 것 같은데……." 내가 말했다.

"아니요. 아직 시간이 남았어요."

그녀는 말이 끝나기가 무섭게 세 번째 파이를 집어 들었다.

"공복에 너무 많이 드시는 것 아니예요? 그러다 토하겠어요."

"에이, 괜찮아요. 습관이 돼서 아무리 먹어도 토하지 않아요."

순식간에 세 번째 파이를 먹어 치운 그녀가 네 번째 파이를 집어 들었다. 나는 피가 거꾸로 솟는 듯하여 참을 수가 없었다.

"그 파이 당장 내려 놔!"

그녀는 기겁을 하며 입을 크게 벌렸다. 그러자 입 속의 금니가 반짝거렸다. 더 열이 받기 시작한 나는 다시는 그녀와 함께 산책하지 않을 것이라고 생각하면서 소리를 질렀다.

"빌어먹을, 파이 내려놓으란 말이야!"

그녀는 말없이 파이를 내려놓았다. 나는 가게 주인에게 물었다.

"얼마죠, 우리가 먹은 세 개의 파이 가격이 얼마죠?"

주인은 마치 오뚜기가 왔다갔다 하듯 무심한 표정을 지었다.

"파이 네 개를 먹었으니까 그만큼 내셔야죠……." 그가 말했다.

"뭐가 네 개요? 네 번째 파이는 접시 위에 그대로 있지 않소."

"아니에요. 네 번째 파이가 접시에 있긴 하지만 이미 이빨 자국이 났으며 손가락 자국도 남았잖아요."

"자국은 무슨 자국? 지금 장난하자는 거예요?"

주인은 여전히 무관심한 표정을 지으며 그 추잡한

얼굴 앞에서 아니라고 손을 저었다.

사람들이 모이기 시작했다. 모두가 전문가들이 되어 이야기를 하였다.

어떤 사람들은 약간 깨물었다고 하고, 또 어떤 사람들은 뜯어먹은 곳이 없다고 했다.

나는 주머니 안에 든 것을 모두 꺼냈다. 돈은 물론 온갖 자질구레한 것들이 함께 나왔다. 사람들은 큰 소리로 웃으며 요란을 떨었지만 나는 전혀 웃을 기분이 아니었다. 나는 돈을 세기 시작했다.

돈을 세어 보니 파이 네 개를 살 수 있는 돈이었다. 이런 젠장, 괜히 소란을 피웠나 보다. 나는 주인에게 돈을 건네준 다음 여인에게 말했다.

"자, 아가씨, 마저 다 드세요. 돈은 다 냈습니다."

여인은 꼼짝 하지 않고 제자리에 서 있었다. 파이에는 손도 대지 않고 당혹스러워하고 있었다. 바로 그때 한 남자가 내게 다가왔다.

"원한다면 내가 마저 먹어 주지." 그가 말했다.

빌어먹을, 그 남자는 파이를 홀랑 먹어 치웠다. 내 돈으로 산 파이를 말이다.

우리는 다시 오페라를 보기 시작했고 오페라를 끝까지 보았다. 그리고 집으로 돌아왔다.

그녀는 집 앞에서 헤어지기 전에 부르조아적인 톤으로 말했다.

"불결해. 어떻게 내게 이럴 수 있어요? 당신 같이 돈 없는 남자는 여자와 함께 극장에 갈 자격이 없어요."

"이봐요, 아가씨! 행복은 돈에 있는 것이 아니에요. 실례가 많았어요." 내가 말했다.

그녀와 나는 그렇게 헤어졌다.

그때부터 나는 귀부인이라면 딱 질색이다.

질병 이야기

솔직히 말해서 나는 아무리 아파도 병원에 가지 않았다. 앓더라도 집에서만 앓았다.

물론 집보다는 병원의 분위기가 더 밝고 깨끗할 수 있고 또 병원에서는 음식의 칼로리도 특별한 방법으로 정할 것이다. 하지만 우리 속담에 '집에서 먹는 것이 공짜 지푸라기라도 맛있게 먹게 된다'는 말이 있다.

그러던 나는 장티푸스에 걸려 어쩔 수 없이 병원에 실려갔다. 식구들은 나의 참을 수 없는 고통을 병원에서 가볍게 해줄 것이라고 믿었다.

하지만 그런 면에서 그것은 가족들의 뜻대로 되지

는 않았다. 왜냐하면 그 병원은 내 마음에 들지 않는
아주 이상한 병원이었기 때문이다.

아니 아무리 그래도 그렇지, 아픈 사람이 병원에
입원하자마자 벽에 붙어 있는 안내문을 보는데 거기
에 '3시부터 4시까지 시체를 받아 가기 바랍니다'라
고 적혀 있다면 그 사람은 어떤 기분이 들겠는가?

다른 환자들은 어땠는지 모르지만 나는 그 안내문
을 보고 다리가 다 후들거렸다. 그때 나는 고열에 시
달리고 있었고 또 얼마나 심각한 병을 앓고 있는지
도 몰랐다. 그러니 그런 글을 읽은 나는 마음이 어땠
겠는가?

나는 진료 기록부에 내 이름을 적고 있던 남자 수
련의에게 말했다.

"여보시오, 의사 양반, 어째서 이런 저속한 안내문
을 환자들이 지나다니는 곳에 걸어 두는 거요? 이런
안내문을 읽고 기분 좋을 환자들이 있겠소?"

남자는 어이가 없는 듯 놀라는 표정을 지으며 말
했다.

"아이고, 여러분, 이분 좀 보세요. 금방이라도 쓰

러질 것 같은 환자가 입에서 김이 날 정도로 열을 올리고 잘난 척을 하네요. 하여튼 세상에는 별의별 사람이 다 있다니까요."

나는 기가 막혀서 무슨 말을 해야 할지 몰랐다. 하지만 그것도 잠시, 남자가 다시 한 번 날카로운 말투로 쏘아붙였다.

"이봐요, 아저씨! 솔직히 말해서 아저씨의 지금 상태로 봐서는 거의 불가능한 일이 되겠지만 어쨌든 아저씨가 병이 다 나아서 죽음의 계곡을 넘게 되면 그때 가서 우리가 쓴 글을 비판하든지 말든지 하세요. 만약 병이 낫지 않는다면 정말 저기 안내문에 적힌 것처럼 3시에서 4시 사이에 아저씨 가족이 아저씨 시체를 받아 가게 할 수밖에 없어요."

화가 잔뜩 난 나는 그 남자와 한바탕 할까 생각했지만 체온이 38도, 39도까지 올라가는 상황에서 더 이상 말대꾸를 하고 싶지 않았다. 나는 그냥 이렇게 말하고 말았다.

"좋아! 나중에 그 뻔뻔한 얼굴 다시 볼 테니 그때 제대로 한판 붙어 봅시다. 아니 어떻게 아픈 사람에게 그런 말을 할 수 있는 거요? 몸이 말이 아닌데 이러다가 속까지 문드러지겠네."

수련의는 위독한 환자가 이렇게 자유롭게 말하는 것이 매우 놀랍다는 듯 더 이상 말을 하지 않고 화제를 돌렸다. 바로 그때 젊은 간호사가 뛰어왔다.

"환자 아저씨, 몸 씻는 곳으로 같이 가시지요."

간호사의 말을 들은 나는 다시 열이 받기 시작했다.

"뭐? 몸 씻는 곳? 그건 또 뭐요? 아예 시체 씻는 곳으로 가자고 해요. 아니, 그냥 목욕탕이라고 하면 안 돼요? 그게 환자의 기분을 좋게 해주는 거 아니냐고요. 내가 무슨 말입니까, 몸을 씻기게?"

간호사가 대답했다.

"아유, 아프신 분이 말씀도 많으시네. 그렇게 잔소리만 늘어놓으시면 어떡해요? 남의 일에 자꾸 참견하는 걸 보니 아저씨도 건강을 회복하기는 힘들 것 같네요."

간호사는 나를 목욕탕으로 데려갔다. 그리고 옷을 벗으라고 했다. 나는 옷을 벗기 시작했다. 그런데 욕조 안에 누가 있는 것 같았다. 아마 이 병원에 입원해 있는 할머니였을 것이다.

나는 간호사에게 말했다.

"아니, 이 간호사가 눈이 삐었나, 왜 나를 여탕으로 데려온 거요? 저기 봐요, 욕조에 누가 있잖아요."

간호사가 말했다.

"아유, 뭘 그렇게 화를 내고 그러세요? 그냥 아픈 할머니예요. 신경 쓰지 말고 얼른 옷 벗고 욕조 안으로 들어가세요. 할머니는 고열이 있어서 다른 것에는 신경도 못 써요. 부끄러워하지 말고 옷 벗으세요. 할머니를 욕조 밖으로 꺼내 놓고 깨끗한 물을 부을 거예요."

나는 간호사에게 말했다.

"할머니야 어떨지 모르지만 난 신경이 쓰이거든요. 그리고 저기 저거, 욕조에 떠 있는 저게 아주 눈에 거슬리네요."

바로 그때 수련의가 다시 나타났다.

"나 참, 무슨 환자가 이렇게 불평이 많아요? 이것도 마음에 안 들고 저것도 마음에 안 들고……. 할머니에게는 죽기 전에 하는 마지막 목욕이 될지도 모르는데 꼭 그렇게 불평을 늘어놔야 직성이 풀리시겠어요? 이 할머니는 앞을 제대로 못 보고 또 본다고 해도 아무 반응을 할 수가 없어요. 할머니가 아저씨의 벌거벗은 모습을 볼 수 있는 시간은 길어 봐야 5분이에요. 난 말이죠, 차라리 의식이 없는 환자들이 입원했으면 좋겠어요. 의식이 없으면 불만도 없고 이것 저것 따지지도 않거든요."

바로 그때 할머니가 고함을 질렀다.

"야! 빨리 꺼내지 않고 뭐 해?! 내 발로 걸어 나가서 따끔한 맛을 보여줘?"

수련의와 간호사는 할머니를 도왔다. 그리고 내게 옷을 벗고 욕조에 들어가라고 명령했다.

내 성격을 알아버린 두 사람은 이제 내게 말대꾸하기보다는 내 말에 따르려고 애쓰는 눈치였다. 그런데 목욕을 하고 병원 옷으로 갈아 입는데 몸에 맞지 않는 큰 옷을 주는 게 아닌가. 처음에는 골탕을 먹이려고 일부러 그러는 줄 알았다. 하지만 나중에 다른 환자들의 옷을 유심히 봤더니 이 병원에서는 그것이 지극히 당연한 일이었다. 작은 환자들은 큰 옷을 입고 있었고 큰 환자들은 작은 옷을 입고 있었다. 사실 내 옷이 다른 환자들의 옷보다 훨씬 더 상태가 좋았다. 왜냐하면 내 옷은 소매 부분에 병원 마크가 찍혀 있어서 그런대로 봐줄 만했지만 다른 환자들의 옷은 가슴이나 등 부분에 병원 마크가 있어서 옷 입은 사람의 인간적인 가치를 떨어뜨리는 것 같았다. 하지만 나는 고열에 시달리고 있었기 때문에 더 이상 그런 문제에 신경을 쓸 수가 없었다.

나는 각각 다른 병을 앓고 있는 30명의 환자들과 같은 방을 쓰게 되었다. 그들 중에는 위독한 환자들도 있었고 또 퇴원을 앞두고 있는 환자들도 있었다. 어떤 사람은 휘파람을 불었고 어떤 사람은 체스를 두며 시간을 보냈다. 그리고 또 어떤 사람은 병실 안을 돌아다니며 환자들 머리맡의 명판에 적힌 병명을 띄엄띄엄 읽고 있었다.

나는 간호사에게 이렇게 말했다.

"이건 뭐 정신병원과 다를 게 없구만. 그냥 정신병원이라고 하는 게 낫겠어요. 일 년에 한 번 정도 입

원을 하는데 이런 병원은 정말 처음 봅니다. 다른 병
원들은 그래도 어느 정도 조용하고 질서가 있는데
여긴 무슨 도떼기시장 같잖아요."

간호사가 대답했다.

"혹시 개인 병실로 가고 싶으세요? 그리고 이와
파리를 쫓아줄 경비 아저씨라도 소개할까요?"

나는 더 이상 참지 못하고 '원장 데려와!' 하고 소
리를 질렀다. 하지만 내 앞에 나타난 것은 원장이 아
니라 처음에 봤던 그 수련의였다. 그렇지 않아도 기
진맥진해 있던 나는 그를 보자마자 의식을 잃었다.
나는 3일 후에 깨어났다. 그리고 간호사가 내게 말했
다.

"아저씨는 진짜 재수가 좋았어요."

"왜요?"

"보통 사람 같았으면 벌써 죽었을 텐데 아저씨는
아직 살아 있잖아요. 사실은 우리가 실수를 했어요.
아저씨를 바람이 들어오는, 닫히지 않는 창문 앞에
있게 한 거예요. 그런데 이상하게도 아저씨의 몸이
회복되는 거 있죠? 다른 환자들의 병이 아저씨에게

옮지만 않는다면 이거야 말로 축하할 일이에요.”

그때 이후로 나는 다른 병에 걸리지 않았다. 천만
다행이었다. 그런데 퇴원하는 날, 백일해라는 어린
이 병에 걸리고 말았다. 간호사가 내게 말했다.

“아저씨는 아무래도 재수가 없나 봐요. 옆 건물,
그러니까 어린이 병원에 입원한 환자가 병을 옮긴
것 같아요. 그러게 왜 다른 환자가 사용한 접시에 음
식을 담아 먹었어요.”

그러나 나의 몸이 힘을 내기 시작하여 다시 한 번
건강이 회복되는 듯했다. 그런데 퇴원하기 하루 전
에 또다시 병이 났다. 이번에는 신경성 질환이었다.
신경을 너무 써서 피부에 수두 같은 붉은 반점이 생
긴 것이었다. 의사가 말했다.

“신경을 쓰지 않으면 이 병도 고칠 수 있습니다.”

아니, 어떻게 신경을 안 쓸 수가 있어? 퇴원만 하
려고 하면 문제가 생기는데. 어떤 날은 퇴원시키는
걸 깜박해서, 어떤 날은 뭔가 빠진 게 있어서, 또 어
떤 날은 누군가가 오지 않아서 퇴원시킬 수 없다고
했다. 급기야 얼마 전에는 환자들의 아내들이 찾아

와서 생난리를 쳤다. 한바탕 소동이 있은 후에 수련의가 내게 말했다.

"제때에 퇴원하지 못하는 환자가 아저씨뿐인 줄 아세요? 아저씨는 고작 8일 늦어진 걸로 난리를 치시지만, 어떤 분은 퇴원 날짜가 3주나 연기돼도 아무 말 않고 기다리고 있어요."

그로부터 얼마 지나지 않아 나는 퇴원을 했고 집으로 돌아온 나에게 아내가 이렇게 말했다.

"폐쨔, 일주일 전만 해도 난 당신이 저 세상 사람이 된 줄 알았어요. 왜냐하면 병원에서 통지서가 왔는데 거기에 '이 통지서를 받는 즉시 병원으로 오셔서 남편의 시체를 가져가시기 바랍니다'라고 적혀 있었거든요."

아내가 통지서를 받자마자 병원으로 달려갔더니 병원에서는 '직원들이 실수를 한 것 같다'면서 사과를 했다고 한다. 그날 한 환자가 세상을 떠났는데 수련의와 간호사가 그 사람을 나로 잘못 알고 그런 통지서를 보냈던 모양이다.

그 말을 들은 나는 다시 신경을 쓰게 되었고 피부

에는 또다시 붉은 반점이 생기기 시작했다. 물론 나는 병원으로 달려가 난리를 치고 싶었다. 하지만 그 병원에서는 얼마든지 있을 수 있는 일이기 때문에 난리를 쳐봐야 소용없겠다는 생각이 들었다. 그리고 그 후로는 아무리 아파도 병원에 가지 않았다.

물컵

얼마 전, 우리 마을의 유명한 도장공 이반 안토노비치 블로힌이 병으로 세상을 떠났다. 그리고 그가 세상을 떠난 지 40일째 되는 날 그의 아내 마리아 바실레브나 블로히나가 고인을 추억하는 작은 야유회를 열었다. 물론 나도 초대를 받았다.

"세상을 떠난 제 남편을 그리면서 함께 식사라도 했으면 좋겠어요. 비싼 닭고기나 오리고기, 햄 같은 건 없지만 차 정도는 마음껏 대접할 수 있으니 꼭 오세요."

"뭐, 차에는 별로 관심이 없지만 이반 안토노비치 블로힌이 살아생전에 저에게 잘 해 주었고 또 우리 집 천장도 무료로 페인트칠을 해주었으니 꼭 가야지요." 내가 말했다.

"네, 그렇다면 더욱 오셔야지요." 그녀가 말했다.

목요일에 나는 그녀의 집으로 갔다.

가보니 사람들이 많이 모여 있었는데 그중에는 그동안 한 번도 오지 않았던 표도르 안토노비치 블로힌이라는 시동생도 와 있었다. 그는 팔자수염에 양쪽 수염 끝을 돌돌 말아 올린, 상당히 얄밉게 생긴 모습의 소유자였다. 식탁 위에는 커다란 수박이 덩그러니 놓여 있었고 그 앞에 앉아 있는 얄미운 팔자수염은 수박을 잘라 입에 처넣기 바빴다.

나는 차를 한 잔 마셨지만 더 이상은 마시고 싶지 않았다. 속에서 받지 않았고 또 차도 맛이 좋지 않았기 때문이다. 솔직히 말하면 차에서 자루걸레 냄새가 났다. 나는 투덜거리며 컵을 내려놓았다. 그런데 컵을 잘못 놓는 바람에 옆에 있던 설탕 통에 컵이 부딪치고 말았다. 빌어먹을, 컵에 금이 갔다. 나는 속으로 아무도 보지 못했을 것이라고 생각했지만 안타깝게도 모두가 보고 말았다.

과부가 말했다.

"저기, 설마 컵을 깬 건 아니겠죠?"

"하하하, 마리아 바실레브나 블로히나, 괜찮은 것 같습니다. 컵이 아주 튼튼하네요."

그때 수박을 처먹고 있던 시동생이 입을 열었다.

"괜찮다니요? 이건 아주 큰일이 난 것입니다. 과부가 손님을 대접하는데 손님이 과부의 물건을 깨뜨리면 어떡해요?"

과부가 컵을 자세히 들여다봤다. 기분이 점점 나빠지는 것 같았다.

"아니, 어떻게 이렇게! 불쾌하네요. 이러다가 우린 완전히 거지가 되겠어요. 누구는 컵을 깨뜨리고, 누구는 차 주전자의 꼭지를 빼 버리고, 누구는 냅킨을 슬쩍해 버리면 우리는 어떻게 살라는 말이에요?"

그때 얄미운 시동생이 말했다.

"내 말이 그 말이에요. 이런 놈들은 수박으로 상판대기를 후려쳐야 하는데……."

처음에 나는 아무 대꾸도 하지 않았다. 하지만 잠시 후 도저히 참을 수가 없어서 이렇게 말했다.

"이것 봐요, 시동생 양반! 상판대기라는 말은 너무 심하네요. 내 어머니도 내 상판대기는 때리지 못했어요. 그리고 웬만하면 그냥 넘어가려고 했는데 아무래도 말을 해야겠네요. 아까 마신 차에서 자루걸레 냄새가 났어요. 손님을 이런 식으로 대접하는 경우가 어디 있습니까?"

한바탕 소동이 벌어졌다. 물론 시동생이 가장 열을 받았을 것이다. 과부가 몸을 부들부들 떨면서 말했다.

"당신 집에서는 그렇게 하는지 모르지만 우리는 그렇게 하지 않아요. 차에 자루걸레를 집어넣는 일은 하지 않는다는 말이에요. 괜히 사람들 앞에서 없는 말 지어내지 마세요. 지하에 있는 이반 안토노비치가 이 말을 듣는다면 아마 몸부림을 칠 거예요. 두고 봐요, 당신 같이 무례한 사람은 절대 가만두지 않을 거예요."

나는 이렇게 대답했다.

"마음대로 하세요."

2주 후에 나는 '블로히나가 제기한 소송과 관련이

있으니 법정에 출두하시오'라고 적힌 통지서를 받았다. 무슨 일인지도 모르고 나갔더니 그 과부가 와 있는 게 아닌가. 재판장이 내게 말했다.

"그렇지 않아도 복잡한 일이 많은데 물컵 가지고 난리들이야? 자, 이 여자분에게 20루블 주시고 빨리 꺼지세요."

내가 말했다.

"돈을 지불할 테니 내가 깨뜨린 컵은 내게 주시죠."

과부가 말했다.

"그래, 그놈의 컵 실컷 처먹어라, 이 새끼야."

다음 날, 청소부가 컵을 가지고 왔다. 그런데 그 컵은 세 군데나 더 금이 가 있었다. 일부러 그런 것이 분명했다. 나는 청소부에게 딱 한 마디만 했다.

"그 얄미운 놈들에게 전해줘요. 나도 소송을 걸겠다고 말이요."

나야말로 절대 그냥 넘어가지 않겠어. 내 성격 알잖아. 나는 한다면 하는 사람이야.

불쌍한 사람 돕다가

다 끝났다. 이것으로 충분하다. 내 마음 속에는 더 이상 다른 사람에 대한 동정심이 남아 있지 않다. 어제 저녁 6시까지만 해도 나는 사람들을 존경하고 동정했다. 하지만 이제는 그렇지 않다. 감사할 줄 모르는 사람들, 그들의 배은망덕함이 갈 데까지 간 것 같다.

어제 나는 이웃에 대한 동정심 때문에 황당한 일을 겪었다. 머지않아 재판관 앞에 서게 될 것이다. 그 일만으로도 내 마음은 냉정해질 수밖에 없다. 그러니까 이제 더 이상은 나의 도움을 바라지 않는 것이 좋을 것이다.

나는 길을 걸어가고 있었다. 그런데 어느 집 대문 앞에 사람들이 모여 있길래 가봤더니 어떤 남자가 손을 부들부들 떨고 있었고 그 모습을 본 한 여자가 "어머, 어떡해" 하면서 놀라고 있었다. 나는 가까이 가서 사람들에게 물었다.

"무슨 일이죠?"

"남자분인데 다리가 부러졌어요. 일어나 걷지도 못하고……."

"그렇죠, 다리가 부러지면 걸을 수가 없죠."

나는 사람들 사이를 비집고 들어갔다. 어떤 남자가 바닥에 누워 있었는데 얼굴이 백지장 같았고 바지 속의 다리는 완전히 꺾여 있었다. 불쌍한 남자는 작은 기둥에 머리를 기대고 있었다.

"아이구, 얼마나 미끄러운지. 미안합니다. 걸어가다가 넘어졌어요. 다리가 워낙 약해서 그래요."

나는 마음이 열정적이고 인정이 많아서 불쌍한 사람을 보면 그냥 지나치지 못한다. 그래서 나는 이렇게 말했다.

"동지들! 이 사람도 노동조합 사람 아닐까요? 우

리가 좀 도와줍시다."

나는 공중전화가 있는 곳으로 달려갔다. 그리고 구급대에 전화를 걸어 도움을 청했다.

"다리를 다친 사람이 있어요. 빨리 이쪽으로 와 주세요!"

곧바로 구급차가 왔다. 흰색 가운을 입은 의사 네명이 차에서 내려 환자를 들것에 실으려고 했다. 그런데 정작 다리를 다친 사람이 들것에 실려 가는 것을 거절했다. 그는 멀쩡한 한쪽 다리로 의사들을 밀치며 가까이 오지 못하게 했다.

"에이 씨, 저리 가란 말이야, 이 미친 의사들아! 집에 빨리 가야 하는데 지금 뭐하는 짓들이야?"

나는 '이 사람 미친 사람 아냐?' 하는 생각이 들었다. 그때 뒤에서 나를 부르는 소리가 들렸다.

"어이, 형씨, 혹시 형씨가 구급차를 불렀소?"

"예, 맞아요."

"이 남자는 의족이 부러진 거예요. 의족이 부러진 걸 가지고 구급차를 불렀으니 혁명법에 따라 아주 무거운 벌을 받게 될 거요."

의사는 내 이름을 수첩에 적은 다음 차를 타고 떠나버렸다. 황당한 일을 겪은 나는 마음에 깊은 상처를 받았다. 다시는 도와주나 보자. 설령 내가 보는 앞에서 사람이 죽어 간다고 해도 절대 믿지 않을 것이다. 혹시 알아? 영화를 찍고 있는 것인지? 아무튼 그런 일을 겪은 후로 나는 아무것도 믿지 않기로 했다. 우리는 정말 얼마나 믿을 수 없는 시대에 살고 있는가…….

제품의 품질

　베를린에서 온 한 독일인이 구세프라는 사람의 집에서 두 달을 살았다. 그 사람은 무식하지도 않았고 또 낮은 계층의 사람도 아니었다. 하지만 그는 러시아어를 할 줄 몰랐기 때문에 집주인과는 몸짓과 표정으로만 의사소통을 해야 했다. 물론 그는 옷을 잘 차려 입는 사람이었다. 내복은 깨끗하게 빨아 입었고 바지는 다림질이 된 바지만 입었다.

　두 달이 다 되었을 때 독일인은 많은 물건을 남겨두고 그 집을 떠났다. 그가 두고 간 물건은 여러 종류의 유리병과 상자들, 내복 바지 두 벌과 거의 입지도 않은 스웨터 한 벌 그리고 다양한 남성용품과 여성용품이었다. 모두가 외국산이었다. 안주인 구세바는 남의 물건을 탐내는 사람이 아니었기에 혹시 깜박하고 물건을 두고 가는 것 아니냐고 물었다. 그런데 그 독일인이 그 물건들을 가져도 된다고 했다. 집주인 부부는 독일인이 떠나자마자 남겨진 물건들을 살펴보며 목록을 만들었다. 그리고 내복 바지를 만져 보고 스웨터를 입어 보더니 이내 길 가는 사람들에게 자랑을 하기 시작했다. 물론 그것은 몇 번 입은 옷들이었다. 하지만 외국산이라 그런지 보기에는 좋았다. 그런데 독일인이 두고 간 물건 중에 이상한 상자가 하나 있었다. 상자 안에는 핑크색 가루가 담겨 있었는데 입자가 작고 향기도 좋았다. 며칠 동안 기쁨에 젖어 있던 구세프 부부는 가루에 대해 알아보기 시작했다. 냄새를 맡아 보고 이로 씹어 보고 볼에 뿌려도 보았지만 그 가루가 무슨 가루인지 알 수가 없었다. 동네 사람들과 대학생들, 심지어 유식한 사람들에게도 보여줬지만 도무지 가루의 정체를 알 수가 없었다. 어떤 사람은 화장용 파우더라고 했고, 어떤 사람은 갓 태어난 아기에게 발라주는 파우더라고 했다.

구세프가 말했다.

"이건 필요 없잖아. 갓 태어난 아들이 있는 것도
아니고……. 에이 몰라, 그냥 면도하고 나서 얼굴에
바르면 되지 뭐. 죽기 전에 멋있게 한번 살아보는 거
야."

구세프는 면도를 할 때마다 파우더를 발랐다. 그
러자 몸에서 꽃향기가 나기 시작했고 얼굴은 온통
핑크색이 되어 버렸다. 사람들은 '좋겠다, 어디서 났
냐' 하면서 야단들이었고 그때마다 구세프는 침이
마르도록 독일 제품을 칭찬했다.

"지난 몇 년 동안 쓰레기 같은 러시아 제품으로 나
의 귀한 인격을 찌그러지게 만들었는데 이제야 내게
맞는 제품을 만난 거지 뭐. 아무래도 한 상자 더 주
문할까 봐. 좋은 걸 쓰면 기분이 아주 좋거든."

그로부터 한 달이 지난 후 파우더가 얼마 남지 않
았을 때 한 유식한 신사가 구세프의 집을 찾아와 우
연히 파우더 상자에 쓰인 글을 읽게 되었다. 알고 보
니 그것은 벼룩을 방지하는 약이었다. 물론 낙천적

인 사람이 아니었다면 충격을 받아 쓰러졌을지도 모르고 또 신경을 써서 얼굴에 여드름이 생겼을지도 모른다. 하지만 구세프는 낙천적인 사람이었다.

"와! 진짜요? 역시 독일 제품은 품질이 좋구나. 이게 바로 노하우야. 아니, 더 이상 뭘 바라겠어요? 얼굴에 뿌려도 되고 벼룩한테 뿌려도 되고, 다용도로 쓸 수 있는 물건이잖아요. 그런데 우리나라 제품은 어떻습니까?"

구세프는 다시 한 번 독일 제품을 칭찬하며 이렇게 말했다.

"정말 기가 막힌 제품이야! 한 달 정도 얼굴에 발랐더니 벌레들이 근처에도 못 와. 마누라는 벼룩 때문에 죽을 지경이고 우리집 사내 아이들도 몸이 가려워서 하루 종일 벅벅 긁고 있는데 나만 멀쩡해! 비록 벌레들이지만 훌륭한 제품의 가치를 아는 놈들이야."

하지만 지금은 그 가루가 남아 있지 않을 것이고 구세프는 예전처럼 몸을 긁고 있을 것이다.

인간과 고양이

우리 집에 있는 난로는 아주 안 좋은 난로다. 그래서 우리 가족은 늘 연기에 중독되어 살고 있다. 그런데도 그 빌어먹을 관리사무소에서는 난로를 고쳐줄 수 없다고 한다. 말로는 절약을 위해 그렇게 한다고 하지만 아무래도 자신들을 위해 아끼는 것 같다.

얼마 전에는 관리사무소 사람들이 찾아와 난로를 살펴보고는 이렇게 말했다.

"아무 이상 없으니 그냥 살면 돼요."

"동무들, 어떻게 그런 뻔뻔한 말을 할 수 있어요? 뭐? 그냥 살면 된다고? 우리가 이놈의 난로 때문에 얼마나 고생을 하고 있는 줄 알아요? 얼마 전에는 우리 집 고양이까지 연기에 중독되어 먹은 것을 다 토해 냈는데 그냥 살면 된다니?"

관리사무소 소장이 말했다.

"정 그렇다면 실험을 해봅시다. 난로 때문에 그런 건지 알아보자는 말입니다. 난로를 피워서 연기에 중독되는 사람이 나오면 곧바로 난로를 수리하겠소."

우리는 난로에 불을 붙였다. 그리고 난로 주위에 둘러앉았다. 다들 킁킁거리며 냄새를 맡았다. 난로 바람문 옆에는 회장이 앉아 있었고, 그 옆에는 비서 그리바예도프 그리고 내 침대에는 회계사가 앉아 있었다. 얼마 지나지 않아 난로가 연기를 내뿜기 시작했다. 그러자 소장이 코를 킁킁거리며 말했다.

"따뜻하고 좋은데 무슨 냄새가 난다고 그래요?"

두꺼비 같은 회계사 놈이 거들었다.

"이 정도면 괜찮은 거 아니에요? 우리 집은 이 집보다 공기가 더 안 좋지만 아무도 불평을 안 하는데……."

"괜찮다니요? 가스 냄새가 이렇게 진동을 하는

데?"

소장이 말했다.

"고양이 좀 불러 보세요. 고양이가 괜찮으면 괜찮은 거죠 뭐. 짐승에게는 사심이 없으니까 믿을 수 있는 거 아니에요?"

고양이가 왔다. 침대 위에 가만히 앉아 있었다. 그동안 가스 냄새에 익숙해졌으니 가만히 있을 수밖에.

소장이 말했다.

"미안하지만 그냥 가겠습니다."

그런데 그때 회계사가 몸을 비틀거리며 말했다.

"아이구 이런, 급한 일이 있는데 깜박하고 있었네요. 먼저 좀 가보겠습니다."

회계사는 창문 틈에 얼굴을 갖다 대고 가쁘게 숨을 몰아쉬기 시작했다.

잠시 후에 소장이 말했다.

"우리도 갑시다."

회장이 창문 쪽으로 가려고 했다. 나는 그를 창문 쪽으로 가지 못하게 잡아당겼다. 그리고 말했다.

"이렇게 하면 실험이 제대로 되겠어요?"

소장이 말했다.

"그렇게 해요 그럼. 난로는 수리할 필요가 없겠어요."

30분 후에 소장은 들것에 실려갔다. 그리고 들것에 실려갈 때 "이제 어떻게 하시겠어요?"라고 묻자 "아니, 수리는 할 필요 없어요. 그냥 살아도 괜찮아요"라고 말했다.

결국 난로는 수리되지 않았다. 그래도 어쩌겠는가, 그냥 익숙해지는 수밖에. 사람은 벼룩과 달라서 웬만한 건 다 견딜 수 있지 않을까?

아무렇게나 한 서명

나는 어제 개인적인 사정으로 아주 중요한 기관에 다녀왔다. 물론 가기 전에는 든든하게 식사를 했다. 기운을 내고 정신을 똑바로 차리기 위해서였다.

기관에 도착했다. 문을 열었다. 신발에 묻은 흙을 털고 계단을 올라갔다. 그런데 그때 뒤에서 군인 잠바를 입은 남자가 나를 불렀다. 계단을 내려오라는 것이었다. 나는 다시 내려갔다.

"어디 가는 거야? 이 밥통아!"

"볼일이 있어서 가는 건데요."

"볼일이 있으면 먼저 출입증을 받아야지. 여기가 무슨 시장 바닥인 줄 알아? 혁명이 일어난 지 11년이

나 됐는데 아직도 이렇게 개념이 없나? 이젠 알아서 할 때도 됐잖아?"

"모를 수도 있지 뭘 그래요? 출입증은 어디서 받아요?"

"저기 오른쪽 창구로 가봐."

나는 작은 창구로 가서 유리창을 두드렸다. 그러자 무례한 목소리가 들렸다.

"무슨 일이야?"

"출입증 좀 주세요."

"기다려."

다른 나라에서는 서류와 사진도 함께 제출해야 하지만 여기서는 그렇지 않다. 창구 안에 있던 사람은 얼굴도 확인하지 않고 출입증을 발급해 주었다. 이렇게 편리하고 빠른데도 어떤 이들은 관청 사람들이 일을 질질 끈다고 말한다. 못된 놈들, 전혀 그렇지 않은데!

나는 출입증을 들고 다시 계단 앞으로 왔다. 그러자 군인 잠바를 입은 사람이 말했다.

"자, 이제 들어가도 돼. 아니 출입증도 없이 들어

갈 생각을 한 거야? 그럼 스파이도 마음대로 들어가게? 여긴 시장 바닥이 아니야. 자, 이제 들어가 봐."

나는 출입증을 들고 재빨리 위층으로 올라갔다.

"저, 슈킨 동무를 만날 수 있을까요?"

책상에 앉아 있던 사람이 말했다.

"출입증 있어요?"

"여기요. 제가 뭐 몰래 숨어들어온 줄 아세요?"

출입증을 본 직원이 예의를 갖추어 말했다.

"슈킨 동무는 지금 회의 중이십니다. 다음 주에 오시는 게 좋을 것 같습니다. 아시다시피 회의를 했다 하면 일주일 정도 걸리거든요."

"네, 알겠습니다. 다음 주에 오겠습니다. 안녕히 계십시오."

"잠깐만, 출입증 다시 주세요. 나가려면 갈겨쓴 서명이 있어야 합니다."

그는 출입증에 서명을 했다. 그야말로 아무렇게나 한 서명이었다. 나는 출입증을 들고 계단을 내려갔다. 그런데 아까 그 군인 잠바가 또 소리를 질렀다.

"어디 가는 거야? 동작 그만!"

"형씨, 나요. 돌아가는 건데 왜 그래요?"

"출입증!"

"자, 출입증 여기 있어요."

"갈겨쓴 서명이 있나?"

"물론 있죠."

"그렇다면 잘 가게."

나는 밖으로 나가서 바게트를 사 먹었다. 기운을 차리기 위해서였다. 그리고 또 다른 볼일을 보기 위해 또 다른 기관으로 향했다.

목욕탕과 목욕탕에 다니는 사람들에 대하여

예전에 목욕탕에 대한 이야기를 쓴 적이 있다. 우리나라 목욕탕의 문제점, 그러니까 알몸으로 목욕을 하면서 표를 보관할 곳이 없어 겪게 되는 불편함에 대한 것이었다.

내가 그 이야기를 쓴 후로 많은 사람들이 토론을 벌였고 이제 목욕탕을 찾는 사람들은 옷을 보관할 수 있는 특별한 상자, 즉 열쇠로 잠글 수 있는 상자를 이용할 수 있게 되었다. 바가지에 열쇠를 매달아도 되고 손목에 열쇠를 차도 된다. 한마디로 말해서 가벼운 마음으로 목욕을 할 수 있게 된 것이다.

그러던 어느 날 레닌그라드의 한 목욕탕에서 뜻하

지 않은 소동이 벌어졌다. 한 기술자가 목욕을 마친 후에 옷을 입으려고 옷 보관 상자를 열었는데 옷이 없어진 것이다. 누군가가 훔쳐간 것이 분명했다. 그래도 그 도둑이 일말의 양심은 있었는지 자켓과 모자와 벨트는 그대로 있었다.

기술자는 말문이 막히고 말았다. 고등교육까지 받은 기술자로서 알몸을 하고 목욕탕을 나서야 한단 말인가!? 정신 나간 사람처럼 다리를 후들거리며 서 있던 기술자는 갑자기 모자를 쓰고 자켓을 걸치더니 벨트를 손에 쥔 채 왔다 갔다 하기 시작했다. 그때 그를 지켜보던 한 남자가 말했다.

"이 목욕탕에서는 날이면 날마다 도둑을 맞아요."

기술자가 말했다.

"여러분, 어떻게 이런 모습으로 집에 갈 수 있겠습니까?"

옆에 있던 한 남자가 말했다.

"누가 지배인 좀 불러주세요. 어떻게든 이 문제를 해결해야 하지 않겠습니까?"

기술자가 힘없는 목소리로 말했다.

"여러분, 지배인 좀 불러주세요."

목욕탕 직원이 속옷 바람으로 뛰어나갔다. 그리고 잠시 후에 지배인과 함께 돌아왔다.

사람들은 지배인이 여자라는 사실을 알고 놀라는 눈치였다.

기술자가 모자를 벗으며 말했다.

"여러분, 이게 어찌된 일입니까? 갈수록 태산이네요. 남자 지배인이 올 줄 알았는데 여자가 오다니요? 아니, 남자 목욕탕에 여자를 지배인으로 둔다는 게 말이나 됩니까? 정말 기가 막히네요."

기술자는 중요한 신체 부위를 모자로 가린 채 소파에 주저앉고 말았다.

주위에 있던 사람들이 말했다.

"여자가 지배인이라니…… 말세야, 말세!"

지배인이 말했다.

"말세라니요? 남탕에서는 나를 이상하게 여길지 모르지만 여탕에 가면 일 잘하는 지배인입니다. 그러니 심한 말씀은 하지 말아주세요."

기술자가 자켓으로 몸을 가리며 말했다.

"이봐요 아주머니, 기분 상하게 하려고 그런 게 아닌데 왜 그렇게 화를 냅니까? 화 내지 말고 집에나 가게 해줘요."

지배인이 말했다.

"내가 오기 전에는 남자가 지배인이었어요. 그런데 남자 지배인은 남탕에서는 일을 잘 하는데 여탕에만 가면 완전히 정신 나간 놈처럼 지랄을 하죠. 그래서 남자 지배인을 뽑지 않는 거예요. 난 누가 옷을 도둑맞았다고 하기 전까지는 절대 남탕에 들어오지 않아요. 그러니 누구든 날 가지고 이러쿵저러쿵 하면 경찰에 신고해 버릴 거예요. 자, 무슨 일인지 자세히 얘기해 보세요."

기술자가 말했다.

"여러분, 이 여자 왜 이렇게 까불죠? 그렇지 않아도 열 받아 죽겠는데 말입니다. 난 지금 집에 갈 일이 걱정인데, 이 여자는 경찰에 신고를 하겠다고 하네요? 지배인이 남자면 자기 바지라도 빌려줄 텐데 이건 여자가 지배인이니, 나 참…… 어이가 없네요. 아무래도 이 목욕탕에 며칠 처박혀 있어야 할 것 같습니다."

사람들이 지배인에게 말했다.

"이봐요 지배인, 당신 남편 여기 없어요? 남편 바지라도 하나 갖다 줄 수 없냐구요? 이 아저씨 완전히 맛이 갈라 그러는데 어떻게 좀 해봐요."

지배인이 말했다.

"나 참, 여탕은 조용하고 좋은데 남탕은 왜 이렇게 맨날 난리가 나는지 모르겠네요. 정말 지겨워 죽겠어요. 그만두겠습니다! 그리고 내 남편은 먼 곳에서 일하고 있는데 어떻게 바지를 가져옵니까? 오늘만 해도 벌써 두 번째예요. 아까는 그래도 별 것 아닌 걸 훔쳐 가서 다행이었네요. 아니면 또 바지 가져오라고 난리를 쳤을 테니까요. 하여튼 이런 식으로는 문제가 해결되지 않아요. 혹시 바지 남는 게 있으신 분은 이 아저씨에게 좀 주세요. 보고 있기가 힘드네요. 머리가 어지러울 정도예요."

목욕탕 직원이 말했다.

"좋아요, 내 바지를 줄게요. 하지만 새 바지를 사줘야 해요. 걸핏하면 도둑을 맞으니 내 바지가 완전히 닳아 버렸단 말입니다. 하나밖에 없는 바지를 이 사람 저 사람 입어 대니 바지가 남아나겠냐구요."

목욕탕 직원이 자신의 바지를 내주었다. 어떤 사람은 자신의 잠바와 슬리퍼를 내주었다. 기술자는 아무 생각 없이 옷을 입었다. 그리고 넋이 나간 사람처럼 멍한 얼굴을 하고 목욕탕을 빠져나왔다. 그런데 그가 목욕탕을 떠난 후에 누군가가 소리를 질렀다.

"이거 좀 봐 봐요! 누구 건지 모르겠지만 자켓과 양말 한 짝이 있어요."

사람들은 바닥에 떨어진 자켓과 양말 주위에 둘러섰다. 그리고 한 남자가 말했다.

"도둑놈이 흘리고 간 게 분명해. 자켓 주머니를 뒤져 봐. 혹시 주머니 안에 뭐가 들어 있을지도 몰라. 가끔 자켓 주머니에 신분증을 넣고 다니는 놈들이 있거든."

주머니에서 신분증이 나왔다. 잠바의 주인은 중앙 재봉공장에서 일하는 셀리파노프라는 남자였다. 이제 누가 옷을 훔쳤는지 확실해졌다. 지배인이 경찰서에 전화를 했고 두 시간 후에는 경찰이 셀리파노프의 집을 수색하기 시작했다. 셀리파노프가 기겁을 하며 말했다.

"당신들 정신 나갔어? 목욕탕에서 도둑맞은 건 난데 왜 나한테 이러는 거야! 내가 신고를 했는지 안 했는지 확인해 보란 말이야. 그 자켓은 도둑놈이 흘리고 간 거라구."

사람들은 오해했다며 셀리파노프에게 사과를 했다. 그때 가택 수색 과정을 지켜본 재봉공장 지배인이 셀리파노프에게 말했다.

"당신이 목욕탕에서 당했다는 건 알겠어요. 그렇다면 상자 속에 있는 이 옷감은 어디서 난 겁니까? 이 옷감은 우리 옷감이잖아요. 아무리 찾아도 없더니 여기 있었네! 당신이 훔친 거 맞지요? 내가 안 왔으면 큰일 날 뻔했잖아."

셀리파노프는 말도 안 되는 소리를 잠시 지껄이더니 이내 자신이 옷감을 훔쳤다고 고백했다. 그는 즉시 체포되었다. 이것으로 목욕탕 이야기는 끝이다.

덧신

전차 안에서는 자칫하면 덧신(일반적으로 고무로 만든 것으로 겨울철에 신발 위에 신는 신발이다-옮긴이)을 잃어버리기가 쉽다. 누군가가 옆에서 밀치는 순간, 어느 무식한 놈이 뒤에서 고무로 만든 덧신을 밟으면 순식간에 덧신을 잃어버리는 것이다.

나도 눈 깜작할 사이에 덧신을 잃어버렸다. '어' 소리도 내기 전에 덧신이 사라져 버린 것이다. 전차에 올라탈 때까지만 해도 분명히 덧신 두 짝이 있었다. 그런데 전차에서 내릴 때 보니까 한 짝만 있는 게 아닌가! 부츠와 양말, 속옷은 그대로 있는데 덧신 한 짝만 없었다!

전차는 떠나고 없었다. 나는 덧신 한 짝을 신문에 싸면서 생각했다. '일을 마친 후에 찾아보자. 돈 주고 산 건데 잃어버릴 수는 없어. 괜찮아, 어딘가 있을 거야.'

나는 퇴근 후에 아는 전차 기사를 찾아갔다. 그는 나를 안심시키며 말했다.

"전차 안에서 잃어버린 게 그나마 다행이야. 감사하게 생각해. 다른 곳에서 잃어버렸다면 정말 큰일이지. 분실물 보관소에 가봐. 아마 자네 덧신도 거기 있을 거야."

"아이구, 이거 고맙네. 얼마나 걱정했는지 몰라. 그 덧신 말이야, 신은 지 일 년도 안 된 새 덧신이거든."

다음 날 나는 분실물 보관소로 갔다.

"저, 덧신 찾으러 왔는데요? 전차 안에서 잃어버렸어요."

"어떤 덧신이죠?"

"그냥 평범한 고무로 만든 덧신이에요. 문수는 12호짜리구요."

"어이 형씨, 우리에겐 12호 덧신이 만이천 개나 있어요. 그렇게 말해서는 찾을 수 없으니 좀 더 자세히 설명해 봐요, 어떻게 생긴 덧신인지."

"글쎄요…… 보통 덧신이고 뒷부분이 많이 닳았어요. 거의 떨어질 정도죠. 아 참 깔창이 없는 덧신이에요."

"형씨, 그런 덧신만 수천 개가 있어요. 뭐 특별한 점 없어요?"

"특별한 점이 있긴 한데…… 앞부분과 뒤축이 많이 닳았어요. 완전히 못 쓰게 된 덧신이죠. 그런데 덧신 옆 부분은 아직 조금 남아 있어요. 물론 새 덧신은 아니지만 내게는 아주 귀한 덧신입니다."

"알았으니 잠깐만 기다려요."

잠시 후에 그가 내 덧신을 가지고 나왔다. 나는 기뻐서 어쩔 줄 몰라 하며 속으로 생각했다. '정말 대단한 기관이야. 직원들도 아주 친절하고. 덧신 찾아주느라 얼마나 고생들이 많을까…….' 그래서 나는 이렇게 말했다.

"여러분, 고맙습니다! 정말 고맙습니다! 이 신세를

어떻게 갚아야 할지……. 이리 주세요. 빨리 신어 보고 싶어요."

"안 돼요. 줄 수 없어요! 이 덧신이 당신 것인지 아닌지 어떻게 압니까?"

"아니, 그게 무슨 말이요? 이건 내 덧신이야. 내가 잃어버린 덧신이라구. 아니, 이 사람들이 정신이 나갔나?"

그들이 말했다.

"우리도 당신 말을 믿고 싶습니다. 하지만 이 덧신이 당신 덧신이라는 걸 증명하지 않으면 절대 내줄 수 없어요. 덧신을 돌려받고 싶으면 주택관리소에 가서 증명서를 떼 와요. 이 덧신을 잃어버린 사람이 당신이라는 것을 법적으로 증명해 오면 당장 덧신을 돌려줄 테니 걱정하지 말아요."

"이것 봐요, 말이 되는 소리를 해요! 주택관리소에서 왜 그걸 떼 줍니까!? 그 사람들이 어떻게 알고 증명서를 떼 주냐구요!?"

"그게 그 사람들 일이에요. 그렇지 않으면 그런 기관이 왜 존재하겠습니까?"

더 이상 할 말이 없어진 나는 덧신을 한 번 더 본 후에 보관소를 나왔다. 그리고 다음 날 아침에 주택 관리소 소장을 찾아갔다.

"빨리 좀 해주세요. 덧신이 없어질지도 몰라요."

"진짜 잃어버렸어요? 혹시 남의 물건이 탐이 나서 일부러 이러는 거 아니에요?"

"진짜 잃어버렸다니까요!"

소장이 말했다.

"그 서류는 아무에게나 막 떼 주는 서류가 아니에요. 분실물 보관소에 가서 당신이 덧신을 잃어버렸다는 것을 증명할 수 있는 서류를 떼 오세요. 그러면 나도 필요한 서류를 떼 주겠소."

내가 말했다.

"아니, 그쪽에서 이리로 가보라고 해서 왔는데 그게 무슨 말입니까?"

그가 말했다.

"그래요? 그럼 신청서를 써요."

내가 말했다.

"뭘 또 쓰라는 거예요?"

그가 말했다.

"잃어버린 날짜하고…… 왜 그런 거 있잖아요. '이 문제를 해결하기 전에는 절대 다른 곳으로 외출하지 않겠다고 서약합니다' 같은 거."

나는 신청서를 썼다. 그리고 다음 날 아침에 필요한 서류를 받아서 분실물 보관소로 갔다. 그런데 놀랍게도 군소리 없이 덧신을 내주었다. 나는 다시 한 번 생각했다. '그래도 이 사람들 참 열심히 일하는구나! 어느 나라 기관이 덧신 하나 가지고 이렇게 시간을 질질 끌면서 일하겠어?'

하지만 기쁨도 잠시, 안타까운 일이 또 생기고 말았다. 정신없이 일 처리를 하는 동안 덧신 한 짝을 또 잃어버린 것이다. 신문지에 싸서 겨드랑이에 끼고 다녔는데……. 어디서 잃어버렸는지 기억도 나지 않는다. 가장 큰 문제는 이번에는 전차 안이 아닌 다른 곳에서 잃어버렸다는 것이었다. 난감하기 짝이 없었다.

그건 그렇고, 먼저 잃어버린 덧신 한 짝을 찾은 게 얼마나 기뻤던지 나는 집에 가자마자 장롱 위에 덧

신을 얹어 놓았다. 기분이 좋지 않을 때 그 덧신을
보고 있노라면 마음이 가벼워지고 가슴에 맺힌 한도
풀리는 것 같았다.

우리 기관 사람들이 얼마나 일을 잘하는데 그래!

겉옷을 뒤집어 입은 사건

요즘 같은 때 호텔 방 하나 잡기가 얼마나 힘이 드는지 아는 사람은 다 알 것이다. 나는 남쪽 지방을 여행할 때 그것을 뼈저리게 느꼈다.

나는 배에서 내리자마자 한 호텔로 들어갔다. 호텔 직원이 이상한 눈으로 쳐다보며 말했다.

"나 참, 기가 막혀서. 요즘 사람들 진짜 웃겨. 아니, 배에서 내리자마자 왜 우리한테 와? 여기가 무슨 호텔인 줄 아나? 그래, 호텔이 맞긴 맞아. 하지만 빈방이 없단 말이야."

나는 일단 밖으로 나갔다. 그리고 어떻게 하면 좋을지 생각해 보았다. 그때 나는 두 개의 짐을 들고 있었다. 하나는 초라하기 짝이 없는 바구니였고 다른 하나는 합판으로 만든 그럴듯한 여행 가방이었다.

나는 신문 파는 아저씨 옆에 바구니를 내려놓았다. 그리고 바둑판 무늬의 안감이 겉으로 나오도록 외투를 뒤집어 입고 모자를 푹 눌러쓴 다음 시가 하나를 사서 입에 물고 다시 호텔로 향했다.

수위가 말했다.

"방 없어요. 들어갈 생각 말아요."

나는 수위에게 다가가서 서툰 외국어로 지껄였다.

"쉘라, 쉘라, 샴베르, 찌미르, 쉘라, 쉘라! 야볼?"

수위가 말했다.

"뭐야, 외국인이잖아."

이번에는 수위가 서툰 외국어로 지껄이기 시작했다.

"야볼, 야볼! 물론 쉘라, 쉘라, 야볼. 비테 드리테, 잠깐만요. 쉘라, 쉘라, 제일 좋은 방으로 드릴게요. 빈대가 없는 깨끗한 방으로 드리겠다구요."

나는 도도한 모습으로 서 있었다. 하지만 다리가

후들거려서 거의 쓰러질 지경이었다.

외국어로 지껄이기를 좋아하는 경비가 내게 물었다.

"실례지만, 어디서 왔어요? 두 제트 독일? 어데르, 다른 나라?"

나는 속으로 '에이, 이 친구 이거 독일어 할 줄 아는 거 아냐? 보니까 독일어 하는 거 같은데' 하고 생각했다.

"노우, 이흐 비느 에이네, 쉘라, 쉘라, 샴베르 지메르 에스파니올라. 쉘라, 쉘라, 스페인.

콤프레메네? 바데스파니."

우리는 바디 랭귀지로 얘기하고 있었다.

"야볼, 비테, 추르비테. 쉘라, 쉘라. 내 가방 들고 빨리 방으로 데려가 줘요. 쉘라, 쉘라. 얘기는 그 다음에 하자고. 쉘라, 쉘라."

수위가 대답했다.

"야볼, 야볼, 걱정하지 마세요."

잠시 후, 나는 수위의 관심을 끄는 것이 무엇인지 알 수 있었다.

"그건 그렇고, 어느 나라 돈으로 계산할 겁니까? 인 발류트 오데르, 설마 우리나라 돈으로 계산하는 건 아니겠지요?"

수위는 외국인도 알아들 수 있도록 손짓으로 여러 가지 숫자를 보여주었다.

내가 말했다.

"무슨 말인지 모르겠네. 이제 방으로 좀 갑시다. 쉘라, 쉘라."

나는 방에만 들어가면 된다고 생각했다. '방에 들어간 후에는 죽이든 살리든 마음대로 해!'

경비가 내 가방을 잡았다. 너무 세게 잡았기 때문인지 아니면 자물쇠가 시원치 않았기 때문인지 알수 없지만 어쨌든 가방이 열리고 말았다. 가방이 열리자 속에 있던 잡동사니들이 쏟아져 나왔다. 누더기가 된 내복과 속옷 그리고 비누 같은 국산 물건들이 눈에 띄었다.

이 광경을 지켜본 수위가 얼굴빛이 바뀌더니 이렇게 말했다.

"에스바니올라의 꼴통아, 신분증 좀 줘 봐."

"쉘라, 쉘라. 무슨 말이죠? 방이 없어요? 그럼 그 냥 갈게요."

수위가 말했다.

"이 나쁜 새끼가 어디서 외국인 행세를 해!"

나는 당장 그곳을 빠져나오고 싶었지만 문을 지키고 있던 또 다른 수위가 이렇게 말했다.

"쉿, 이 쪽으로 오시오, 동무. 겁낼 거 없어요. 아니, 방을 못 구해서 그래요?"

내가 말했다.

"배멀미를 해서 서있기조차 힘들어요. 좀 누웠으면 좋겠는데…… 방법이 없을까요?"

문을 지키고 있던 수위가 말했다.

"뇌물 같은 건 안 받아요. 하지만 방이 필요하다면 도와줄 수는 있어요. 그런데 어쩌나…… 방은 있는데 열쇠가 없네. 얼마 전에 열쇠를 잃어버렸지 뭡니까. 하지만 방법은 있어요. 열쇠 수리공에게 15루블만 주면 열쇠를 만들어 주거든요."

나는 돈을 주고 방을 얻었다. 하지만 나중에 알고 보니 열쇠를 잃어버렸다는 말은 새빨간 거짓말이었다. 잃어버리지도 않은 열쇠를 거금 15루블을 주고 사다니……. 옆방 남자도 똑같은 수법에 당했는데 열쇠 값으로 10루블을 줬다고 한다. 이게 뭐야, 나한테는 15루블이라고 하더니……. 외국인이라고 더 받은 거야? 에이 몰라, 그래도 방을 얻었으니 다행이지 뭐.

가방을 훔친 사건에 대하여

'즈메린카' 지역에서 한 남자가 황당한 일을 겪게 되었다. 애지중지하던 가방을 도둑맞은 것이다.

도둑을 맞은 곳은 급행열차 안이었다. 그런데 이상한 것은 가방을 도둑맞은 그 남자가 상당히 조심성 있고 똑똑한 사람이었다는 것이다. 그런 부류의 사람들은 좀처럼 도둑을 맞지 않는다.

도둑을 맞던 날 남자는 하루 종일 손에서 가방을 놓지 않았다. 화장실에 가서도 가방을 손에 쥔 채 볼일을 봤고 잠을 잘 때도 가방을 머리 밑에 두고 잤다. 그렇게 조심을 했는데도 가방을 도둑맞다니 참 웃기는 일이다. 그런데 그보다 더 웃기는 것은 잠자리에 들기 전에 누군가가 그에게 귀띔을 해주었다는 것이다.

누군가가 그에게 말했다.

"조심하세요!"

"왜요?"

"이 지역에서 도난 사건이 자주 일어난다고 합니다. 그리고 어떤 도둑은 잠든 사람의 부츠까지 훔쳐 간대요."

"아, 그래요? 하지만 걱정 마세요. 잠 잘 때 가방을 베고 자기 때문에 도둑맞을 일은 없을 거예요."

남자는 위쪽 자리로 올라가 가방을 베고 누웠다. 그리고 잠이 들었다. 얼마의 시간이 지났을까, 누군가가 어둠 속에서 다가와 천천히 남자의 부츠를 벗기기 시작했다. 그런데 워낙 긴 부츠를 신고 있었기 때문에 벗기기가 쉽지 않았다. 남자는 '그래, 어떻게 하는지 한번 보자. 설마 부츠를 끝까지 벗기지는 않겠지' 하고 생각했다. 그때 도둑놈이 다른 쪽 부츠를 잡아당기기 시작했는데 이번에는 아주 세게 잡아당겼다.

남자는 더 이상 참을 수가 없어서 벌떡 일어나 도둑놈의 어깨를 후려쳤다. 그러자 도둑놈이 부리나케 달아나기 시작했다. 남자는 도둑놈을 잡으려고 했지만 절반까지 벗겨진 부츠 때문에 넘어지고 말았다. 남자가 자리에서 일어났을 때 도둑은 이미 달아나고 없었다.

객차 문이 닫히는 소리와 자다가 깬 사람들의 고함 소리가 들렸다. 객차 안은 그야말로 난장판이었다.

남자가 사람들에게 말했다.

"진짜 웃기는 놈이네요. 하마터면 부츠를 도둑맞을 뻔했어요."

남자의 눈길이 방금 전까지 자신이 누워 있던 자리로 향했다. 아뿔싸, 가방이 없어졌다. 다시 한 번 난리가 났고 사람들이 소리를 질렀다.

한 남자가 말했다.

"아마 일부러 다리를 잡아당겼을 거예요. 계속 누워만 있으니 다른 방법이 없었을 거라구요. 가방에서 머리를 떼게 하려면 그 방법밖에……."

남자가 눈물을 흘리며 말했다.

"뭐가 뭔지 모르겠어요."

남자는 다음 역에서 내렸다. 그리고 곧장 경찰서로 달려가서 말했다.

"정말 교활한 놈입니다."

경찰서에서는 나중에 결과를 알려주겠다고 하면서 이렇게 말했다.

"최선을 다하겠습니다. 하지만 장담할 수는 없습니다."

'장담할 수 없다'는 말은 맞는 말이었다. 왜냐하면 가방과 함께 사라진 도둑놈을 끝내 잡지 못했기 때문이다.

배우

이 이야기는 아스트라한(러시아 남부에 위차한 도시로 볼가 강 하류 삼각주에 위치해 있으며 카스피해 가까이에 있다-옮긴이)에서 일어난 실제 사건에 관한 이야기로 한 배우가 직접 내게 들려준 것이다.

배우의 이야기는 다음과 같다.

여러분이 나에게 정말 배우였냐고 묻는다면, 나는 '네'라고 답할 것이다. 나는 연극 배우였다. 그런데 솔직히 말하면, 연극 그거 별것 아니다. 그렇다고 해서 연극이 나쁘다는 얘기는 아니지만.

예를 들어, 무대에 서서 관객들을 보고 있으면 참

묘한 기분이 든다. 무대에 서 있는 나에게 아는 사람들, 그러니까 아내의 친척이라든가 이웃들이 윙크를 하면서 '힘 내, 우리 여기 있어. 멋지게 한번 실력을 보여줘!' 하고 눈짓으로 말하면 나는 알았다는 표정을 지으며 '걱정하지 마, 내가 누군데!' 하고 손짓을 보낸다.

그런데 다른 한편으로 연극배우라는 직업은 좋을 게 하나도 없는 직업이다. 어떻게 보면 아주 짜증 나는 직업인지도 모른다. 한번은 <누구 잘못인가?> 라는 연극을 공연했는데 그때 연극 제1막에 돈 많은 상인이 강도들에게 당하는 장면이 있었다. 거기서 상인은 발로 차면서 자신을 그만 괴롭히라고 소리를 질렀고 강도들은 말없이 그의 돈을 빼앗았다. 하여튼 지금 생각해도 소름 끼치는 연극이었다.

연극 공연이 있는 날은 사람도 많이 오고 아주 소란스러웠다. 게다가 소름이 끼치는 연극이니까 사람들의 반응도 여느 때와 달랐다. 그런데 문제는 요놈의 상인 역을 맡은 배우가 연극을 하기 직전에 술을 많이 마셔서 취해버렸다는 것이다. 게다가 한여름이었기 때문에 날씨는 또 얼마나 더웠는지. 상인 역을 맡은 배우는 1막에 등장해서 술에 취한 목소리로 대사를 엉터리로 쳤을 뿐만 아니라 재미가 붙어서인지 무대 위의 작은 조명들을 계속 발로 밟았다.

이반 팔르이치 감독이 화를 내면서 말했다.

"아무래도 안 되겠어. 2막에서는 저 새끼가 못 나오도록 해야지. 전구는 왜 발로 밟고 난리야! (그리고 나를 보면서) 야, 니가 나가서 저 놈 대신 상인 역을 할래? 관객들은 바보들이니까 다른 사람이 나왔다는 것도 눈치 채지 못할 거야."

내가 대답했다.

"어떡해요, 방금 수박을 두 개나 먹었는데. 정신이 하나도 없어요. 문제가 생기면 어떡해요?"

감독이 말했다.

"제발 나 좀 도와줘. 딱 한 막만 하면 돼. 어쩌면 그동안 술이 깰지도 몰라, 아이구 저 화상. 제발 부탁이야!"

나는 어쩔 수 없이 무대에 서게 되었다. 그런데 시간이 없었던 나는 평상복 차림으로 무대로 나갔고 분장이라고는 턱에 커다란 수염을 붙인 게 전부였다. 그런데 내 생각에는 감독이 잘못 판단한 것 같았다. 관객들이 바보들인 건 맞지만 그래도 내가 대신 나왔다는 것을 금방 알아차리고 말았다.

관객들 중에 한 사람이 큰 소리로 말했다.

"어이! 바샤! 겁먹지 말고 잘 해!!!"

내가 큰 소리로 대답했다.

"누가 겁을 먹는다고 그래. 나도 나오고 싶어서 나온 게 아니란 말이야. 상황이 상황이다 보니 이렇게 된 거지."

사람들이 "왜? 무슨 일인데?" 하고 소리를 질렀다.

내가 대답했다.

"아, 아까 상인 역을 맡았던 배우 놈이 술에 취해서 정신이 하나도 없어. 지금 저쪽에서 토하고 있다고."

드디어 연극이 시작되었다. 상인 역을 맡은 나는 열심히 연기를 했다. 리얼하게 보이도록 강도들을 힘껏 발로 찼다. 그런데 한참 연기를 하고 있는데 갑자기 어떤 놈이 내 주머니에 손을 넣고 마구 뒤졌다. 나는 화가 나서 그놈의 얼굴을 주먹으로 후려친 다음 멀리 도망가면서 말했다.

"가까이 오지 마!"

그런데 이놈들이 연기에 집중해서 그런지 내게 달려들어서는 또 주머니를 뒤지기 시작했다. 누군가의 손이 내 지갑을 꺼냈고 누군가의 손은 손목에 차고 있던 시계를 벗기기 시작했다.

나는 완전히 미친 사람처럼 소리를 질렀다.

"여러분! 도와주세요! 이놈들 진짜 강도들이에요."

바보 같은 관객들은 나의 리얼한 연기에 감동을 받아 소리를 지르고 박수를 쳤다.

관객 중 한 사람이 큰 소리로 말했다.

"그래 바샤! 힘 내! 절대 포기하지 말고 계속 발로 차! 주먹으로 주둥이를 날려버려!!!"

내가 다시 소리를 질렀다.

"좀 도와 달라니까. 도와주세요! 살려주세요!!!"

관객들이 박수를 치는 동안 강도 배우들은 나를 바닥에 눕혀 놓고 때렸다. 그놈들 중에 하나는 피를 흘리면서도 계속 내 주머니를 뒤지고 있었다.

"살려줘! 이러다가 사람 죽겠다!"

내가 소리를 질렀지만 관객들은 박수를 치느라 정신이 없었다.

감독이 나를 보면서 말했다.

"야, 잘한다! 진짜 리얼하네. 계속 해."

보아하니 소리를 질러 봤자 별 도움이 안 될 것 같았다. 소리를 지르면 더 실감나게 연기를 하는 것처럼 보일 테니까! 나는 하는 수 없이 가까스로 몸을 일으켰다. 그리고 감독을 향해 마지막으로 소리를 질렀다.

"이건 연기가 아닙니다, 존경하는 이반 팔르이치! 더 이상 못하겠습니다. 이놈들은 진짜 강도들이고 내 물건을 진짜로 훔치고 있다니까요."

그때 연기에 대해 뭘 좀 아는 관객이 '저건 연기가 아니고 실제 상황이야'라고 말하면서 박수를 그만 치라고 했다.

프롬프터 박스에서 프롬프터가 기어 나와 이렇게 말했다.

"여러분! 아무래도 이건 진짜 같습니다. 진짜로 저 사람 지갑을 훔친 것 같단 말입니다."

막이 내려왔다. 누군가가 내게 물을 떠다 주었고 그 물을 마신 나는 조금씩 정신이 들기 시작했다.

"감독님, 어떻게 이런 일이 있을 수 있죠? 배우들 중에 누군가가 내 지갑을 훔쳤어요."

배우들을 모아 놓고 옷을 뒤져 봤지만 돈은 나오지 않았다. 결국 내 지갑은 속이 텅 빈 채 관목 밑에서 발견되었다.

뭐? 예술이 뭔지 아냐고? 그래, 예술이 뭔지 잘 안다. 나는 연극을 해 봤거든.

전기기사

나는 극장에서 일하는 배우들과 감독 그리고 전기
기사 중에서 누가 더 중요한 역할을 하는지 굳이 따
지고 싶지 않다.

지금부터 하게 될 이야기는 사라토프인지, 심비르
스크인지 확실하지 않지만 어쨌든 투르케스탄 인근
에 있는 한 도시의 극장에서 벌어진 일이다. 극장에
서는 오페라를 공연하고 있었는데 공연을 준비한 사
람들 중에 '이반 꾸즈미츠 먀끼셰프'라는 전기 기사
가 있었다. 먼저 그 일이 있기 전의 상황에 대해 잠
깐 이야기하겠다.

1923년, 전기 기사와 배우들이 함께 사진을 찍었

다. 그런데 누군가가 전기 기사를 떠밀면서 "너는 배우가 아니잖아. 뒤로 가서 서!"라고 했고 잠시 후에는 한가운데에 있는 의자에 테너 가수를 앉혔다.

전기 기사는 기분이 나빴다. 뒤로 가라는 말도 기분 나빴지만 사진 속에 나온 자신의 모습이 흐릿했던 것이 더욱 기분 나빴다.

그러던 어느 날 드디어 일이 터지고 말았다. 그날은 〈루슬란과 류드밀라〉라는 글린카의 작품을 공연하고 있었고 지휘는 음악가 가쯔만이 맡고 있었다.

저녁 7시 45분, 기사가 알고 지내던 아가씨 두 명이 그가 근무하는 사무실을 찾아왔다. 그가 초대했는지 아니면 그녀들이 스스로 찾아왔는지 알 수 없지만 두 아가씨는 관객석에서 연극을 볼 수 있게 해달라며 기사에게 아양을 떨었다.

전기 기사가 말했다.

"걱정 마, 내가 말하면 표를 줄 거야. 자, 여기 앉아서 기다려."

기사가 관리자에게 표 두 장을 달라고 했다. 그러자 관리자가 말했다.

"오늘은 휴일이라서 안 돼. 사람도 많고……. 잘 알면서 그래."

기사가 말했다.

"어, 그래? 그럼 나도 일 안 해. 조명을 하지 않겠다고. 나 없이 한 번 해봐. 이제 사진 찍을 때 누가 가운데 앉고 누가 뒤로 가야 하는지도 알게 되겠네."

그렇게 말하고 기사는 자신의 사무실로 돌아와 극장 불을 다 꺼버렸다. 그리고 사무실 문을 잠근 채 아가씨들과 노닥거리기 시작했다.

극장에서는 큰 소동이 일어났다. 관리자가 여기저기 뛰어다녔고 관중들이 소리를 질렀다. 표를 파는 직원은 도둑을 맞을까 봐 걱정이었고 늘 가운데 자리에서 사진을 찍던 테너 가수는 관리자 사무실을 찾아가 이렇게 말했다.

"어두운 무대에서는 노래 못 합니다. 계속 이런 식이면 극장을 옮기는 수밖에 없어요. 전기 기사보고 저 대신 노래하라고 하세요."

이 말을 들은 전기 기사가 말했다.

"재수 없는 놈……. 노래를 하든 말든 마음대로 하

라고 해. 노래도 하고 조명도 하고 전부 다 하라고 해. 에이 빌어먹을! 아니 지가 테너 가수면 테너 가수지 왜 꼭 밝은 곳에서만 노래를 해야 해? 아이구, 뭐 별로 대단하지도 않으면서!"

물론 테너 가수도 가만히 있지 않았다. 그는 전기 기사를 찾아가 멱살을 잡았다.

그때 관리자가 나타나서 말했다.

"아니, 빌어먹을 아가씨들은 대체 어디 있는 거야? 걔들 때문에 이게 뭐냐구. 걔들한테 표 준다고 해!"

기사가 말했다.

"감독님, 그 아가씨들 때문에 이렇게 된 게 아니고 나 때문에 이렇게 된 거예요, 나 때문에! 잠깐만 기다려 봐요, 전기 다시 켤게요. 내가 뭐 전기가 아까워서 이러는 줄 알아요? 자, 전기 켰으니까 다시 시작하세요!!"

아가씨들은 제일 좋은 자리에서 공연을 볼 수 있었다.

이쯤 되면 연극에서 누가 더 중요한지 판단할 수

있을 것이다. 물론 테너 가수도 중요하다. 하지만 전기 기사 없이 연극을 한다는 건 상상조차 하기 힘든 일이다. 둘 다 중요한 존재인 것이다. 그리고 사진을 찍을 때에는 모든 사람의 얼굴이 또렷하게 나오도록 해야 한다.

수술

이 작은 이야기는 패튜시카 야시코빔에게 일어난 일에 관한 것이다. 칼로 사람을 찔러 죽일 뻔한 일. 그것도 수술을 하면서 말이다. 물론 사람이 죽지는 않았고 처음부터 죽일 의도도 없었다. 그리고 페티카 역시 누구에게 쉽게 당할 사나이가 아니었다. 생각해 보면 그리 슬픈 일도 아니었다. 작은 실수였다고나 할까? 수술을 받아본 경험도 없는 사람이 수술실을 찾아간 것이 실수였다.

하루는 페튜시카의 눈에 다래끼가 났다. 눈꺼풀이 붓기 시작하더니 3년 후에는 잉크병 만한 혹이 생겼다. 더 이상 놔둬서는 안 된다고 생각한 페튜시카는 병원으로 달려갔고 병원에서는 젊고 예쁜 여의사가 그를 기다리고 있었다.

젊은 여의사가 말했다.

"원하는 대로 하세요. 수술을 해도 되고 그냥 놔둬도 됩니다. 이 병은 죽을병이 아니니까요. 그리고 대부분의 남자들이 혹이 있든 말든 상관하지 않아요. 물론 건강하고 아름다운 외모를 원하는 사람은 수술을 받지만요."

건강하고 아름다운 외모를 원하지 않을 사람이 누가 있겠는가! 결국 페튜시카는 수술을 받기로 했고 수술 날짜는 다음 날로 잡혔다.

다음 날, 병원으로 향하던 페튜시카는 갑자기 이런 생각을 하게 되었다. '눈에 난 혹을 떼어 내는 수술이니까 그럴 일은 없겠지만 그래도 모르잖아, 갑자기 옷을 벗으라고 할지. 집에 가서 셔츠라도 갈아입고 가자.' 젊고 예쁜 여의사에게 잘 보이고 싶었던 페튜시카는 곧장 집으로 달려가 깨끗한 셔츠로 갈아입었다. 자신이 수준 있는 사람이라는 것을 확실히 알리고 싶었던 것이다.

집에서 깨끗한 셔츠로 갈아입은 폐쨔는 향수 대신 휘발유로 더러운 목을 씻은 다음 손을 물로 씻고 콧수염 끝을 위로 말아 올렸다. 병원을 향해 가는 그의 걸음걸이에 자신감이 넘쳐흘렀다.

의사가 말했다.

"자, 여기 이 혹을 떼어 낼 거예요. 부츠 벗고 책상 위로 올라가 누우세요."

폐튜시카는 생각했다. '어떡하지? 부츠를 벗으라고 할 줄은 몰랐는데. 큰일 났네. 양말에서 냄새가 많이 날 텐데.' 폐튜시카는 깨끗한 셔츠를 보여주면 좀 나을 것이라고 생각하면서 잠바를 벗기 시작했다.

의사가 말했다.

"아저씨. 잠바는 벗지 않아도 돼요. 여기가 무슨 호텔도 아니고…… 그냥 부츠만 벗으면 돼요. 자, 어서 벗으세요."

폐튜시카가 말했다.

"저, 선생님, 누워서 수술을 받을 줄은 꿈에도 몰랐어요. 눈만 보실 거라고 생각하고 그냥 셔츠만 갈아입었다구요. 그러니까 양말이 있는 쪽은 제발 보지 말아주세요."

대학을 졸업한 유식한 의사가 말했다.

"알았으니까 얼른 벗으세요, 시간 없어요."

젊은 여의사가 수술을 하기 시작했다. 그런데 칼로 눈을 찢으면서 큰 소리로 웃는 것 아닌가! 페튜시카의 발 쪽으로 눈길이 갔던 것이다. 문제는 여의사가 웃을 때 칼을 잡은 그녀의 손까지 흔들렸다는 점이다. 아니, 사람을 죽이기라도 하면 어쩌려고…….

어쨌든 수술은 무사히 끝났다. 페튜시카의 눈에 있던 혹도 감쪽같이 사라졌다. 그리고 그날 이후로 페튜시카는 항상 깨끗한 양말만 신었다.

작은 사건

물론 이 작은 사건은 세계적으로 큰 의의를 갖는 사건이 아니다. 아니, 심지어 무슨 일이 일어났는지 아예 모르는 사람도 있을 수 있다.

주머니마다 돈을 넣고 다니는 네프만(네프, 즉 신경제정책을 하였을 때 공산주의에 반해서 개인사업을 했던 사람들-옮긴이)들은 알아차리지 못했겠지만 항상 돈이 부족한 일반 노동자들은 무슨 일이 일어났는지 금방 알아차릴 것이고 바실리 이바노비치에게 동정심을 느낄 것이다.

사건의 전말은 이랬다. 바실리 이바노비치는 월급날 연극표 한 장을 샀다. 월급을 다 써 버리기 전에 미리 극장에 가서 열여섯 번째 자리의 표를 산 것이다. 오래전부터 극장이라는 지적인 공간에서 시간을 보내고 싶었던 바실리는 망설임 없이 돈을 지불했다. 매표소 직원이 바실리의 동전을 받아서 넣었을 때 입맛을 살짝 다시기는 했다.

바실리 이바노비치는 연극을 보기 위해 평소에 하지 않던 행동들을 했다. 목욕과 면도를 한 것은 물론이고 평소에 매지 않던 넥타이까지 맸다.

오, 바실리 이바노비치, 바실리 이바노비치! 당신은 불길한 감정을 느끼지 못하였는가? 아주 사소한 것까지 생각을 했어야 하지 않았을까? 넥타이를 맬 때 혹시 당신의 강한 손이 떨리지는 않았는가?

슬프고도 재미없는 일이 세상에는 얼마든지 일어나고 있다는 것을 알았어야 했다!

연극 공연이 있던 날, 들뜬 기분으로 극장에 간 바실리 이바노비치는 이렇게 생각했다.

'술이나 처 마시고 다니면서 여기저기 부딪혀서 머리를 다치는 인간들에 비할 바가 아니지. 이렇게 극장을 간다. 표를 가지고. 따뜻하고, 편안하고, 문화

인처럼보이잖아. 겨우 1루블으로 말이야.'

바실리는 공연 시작 이십 분 전에 극장에 도착해서 생각했다.

'일단 옷을 맡기고 화장실에 다녀와야겠어. 넥타이도 좀 더 단단히 매면 아주 좋을 거야.'

바실리는 겉옷을 벗다가 벽에 붙어있는 안내문에 옷 보관료가 한 사람 당 20코페이카라고 쓰여 있는 것을 보았다. 안내문을 읽는 순간 바실리의 심장이 뚝 떨어지는 것 같았다.

'어떡하지? 돈이 없는데. 표 사는 데 돈을 다 써버렸잖아. 기껏 해봐야 8코페이카밖에 없을 텐데. 이 돈으로 어떻게 안 될까? 안 되면 할 수 없지 뭐. 외투를 입고 모자와 덧신은 손에 든 채로 보는 수밖에. 이것 참, 큰일이네.'

우리의 바실리 이바노비치가 휴대품 보관소 직원에게 옷을 건네면서 말했다.

"죄송하지만, 선생님! 잔돈이 모자라서 그러는데 이걸로 어떻게 안 될까요?"

마침 돈을 받아든 직원은 차갑게 생긴 사람이었

다. 그 직원은 돈을 받자마자 세어 보기 시작했다.

"지금 뭐 하자는 거야? 6코페이카로 뭘 어쩌라고? 당장이라도 네 덧신으로 얼굴을 한 대 갈기고 싶어!" 그가 말했다.

바로 언쟁이 시작되었다. 비명소리가 들렸다. 직원이 소리를 지르기 시작했다.

"이런 푼돈을 가지고 네 냄새나는 덧신과 옷을 보관하라고? 당장 꺼져! 안 그러면 재미없을 줄 알아!" 그가 말했다.

"아니, 이 사람이! 소리는 왜 지르고 난리야! 돈 많은 부르주아 놈들 앞에서 자꾸 쪽팔리게 할래? 모자라는 돈은 내일 갖다 주면 되잖아!" 바실리 이바노비치가 말했다.

"너야 말로 내게 부르주아가 어떻게 위협하지마. 난 겁나지 않아. 돈 없으면 저리 꺼져, 이 사기꾼 같은 놈아!" 직원이 말했다.

그때 휴대품 보관소에서 일을 하는 다른 사람들은 논쟁을 벌이기 시작했다. 즉, 6코페이카를 주면 받겠냐 아니면 안 받겠냐하는 논쟁이었다.

시간은 상관없이 흘렀다. 마지막 관객들도 모두 객석 안으로 들어갔다. 연극이 시작되었다.

그때 휴대품 보관소 직원이 동료들을 향해서 소리를 질렀다.

"이 인간이 다음에 올 때는 옷걸이 갖고 와서 직접 자기 옷을 걸고 지키도록 내버려두게!"

바실리 이바노비치는 어찌나 속이 상했던지 눈물이 다 나올 지경이었다.

"이런 못된 인간아! 말 함부로 할래? 그 염소 수염 같은 콧수염을 다 뽑아버릴까 보다."

그리고 나서 바실리 이바노비치는 외투를 다시 입었고 덧신도 모자 속에 집어넣었다. 그러고는 객석 측면의 출입구 쪽으로 부리나케 달려갔다. 하지만 외투를 입은 사람은 객석 안으로 못 들어가게 막았다.

"이봐요, 여기 표가 있으니 그냥 좀 들어가게 해주시오."

하지만 출입구를 지키고 있던 직원은 절대 안 된다고 했다.

바실리 이바노비치는 머리가 돌아 버릴 것만 같았다. 공연이 시작되었는데 표를 가지고도 들어갈 수 없다니…… 환장할 노릇 아닌가! 생각 끝에 외투를 벗어 보따리 모양으로 만들고 그 속에 모자와 덧신을 넣어 들어가려고 했지만 소용이 없었다. 보따리도 안 된다는 것이었다.

"보따리를 들고 들어가겠다고요? 아예 두꺼운 이불이랑 매트리스도 갖고 오지 그래요!"

극장 직원과 실랑이를 벌이는 동안 음악이 흘러나오고 1막이 끝났다. 바실리 이바노비치는 휴대품 보관소 직원에게 달려가 고함을 질렀다.

"야, 이 나쁜 놈아! 부르주아 놈들에게 굽실거리면서 돈 좀 벌었냐? 그 돈으로 잘 먹고 잘 살았는지 얼굴에 개기름이 번지르르 흐르는구나!"

두 사람의 싸움이 도를 넘으려는 순간 나이가 지긋하고 착한 얼굴의 직원 한 명이 다가와 말했다.

"딱하게 됐구만. 내가 보관해 줄 테니 내일 돈 가지고 오는 것 잊지 말게."

"이제와서 옷을 맡길 필요 없어요, 벌써 2막이 시

작되었잖아요. 지금 들어가 봐야 뭐가 뭔지도 모를 텐데……. 난 끝에서부터 연극을 보는데 익숙하지 않거든요."

바실리 이바노비치가 말했다.

바실리 이바노비치는 그자리에서 마주치는 모든 사람에게 표를 팔려고 애썼다. 그리고 어렵게 한 고아에게 자신의 표를 팔았다. 15코페이카에 말이다. 그는 집으로 가기 전에, 자신을 괴롭혔던 휴대품 보관소 직원을 생각하면서 바닥에 침을 탁 뱉고는었다. 그리고 극장 밖으로 나왔다.

인생의 마지막 불쾌한 일

이번에 할 이야기는 고인이 된 사람의 삶과 관련된 드라마틱한 일화이다. 이 이야기는 실제로 있었던 일이다. 하지만 우리는 아직 살아있는 사람들의 기분이 상하지 않도록 지나치게 웃거나 지나친 농담을 하지 않겠다.

하지만 이 이야기는 약간 웃긴 이야기이이기 때문에 읽다가 저절로 웃음이 나올 수 있으니 죽은 사람들이나 산 사람들에게 결례가 되는 것에 대하여 미리 용서를 구한다.

물론 '웃을 일이 뭐가 있을까?'하고 생각할 수 있다. 사람이 죽으면 웃을 일이 전혀 없기 때문이다.

죽은 사람은 그냥 평범한 사람이었고 작은 사무실에서 일하는 말단 직원이었다. 그래서 원래 하던 것처럼 사람이 죽자, 장례식을 크게 하게 되었다. 사람들은 다 소리를 높여서 고인이 대단한 사람이었고, 열심히 일하다가 죽었다고 하며, 귀한 분을 잃은 우리는 앞으로 어떻게 살아야 하지, 뭐 그런 이야기들을 했다.

물론 고인이 살아생전에는 이 같은 말들을 한번도 듣지 못하였고, 따라서 먼 길을 떠난 그가 그 동안 같이 살았던 사람들에게 어떤 존재였는지 그는 전혀 몰랐다. 그런데 한 가지 확실한 사실은, 만일 그가 죽지 않았다면 오히려 그와 상반된 말을 많이 들었는지도 모른다는 것이다. 어째든, 그 사람이 스스로 죽지 않았다면 그의 장례식 때 그를 칭찬하며 그의 죽음을 안타까워하는 사람들이 그를 죽게 하였을지도 모른다. 그런데 그가 직접 떠났으니까 오히려 모든 것이 아름답게 해결 되었다.

아무튼, 그가 일했던 기관에서는 근무가 다 끝난 후, 고인을 회상하는 집회를 하게 되었다. 기관의 원장은 먼저 일어나서 말씀을 시작하였다. 그가 워낙 말을 잘하는 편이었기에 자신까지 눈물을 흘린 정도로 매우 감동스럽게 말을 하였다. 눈물을 흘리면서 그는 필요 이상 고인을 칭찬하였다. 그것 때문에 난리가 났다. 집회에 참석한 모든 직원들은 시끌벅적하게 모두들 바로 자기 인생에서 가장 귀한 친구, 아들, 형제, 아버지와 선생님을 잃었다고 말하였다.

갑자기 어떤 사람이 큰 소리로 장례식을 더 웅장하게 해야 하고 같이 일하는 직원들은 그것에 꼭 협조해야 한다고 소리를 높였다. 이것만 봐도 두 말할 필요 없이 그에게 고인이 얼마나 소중한 사람이었는지 증명할 수 있겠다. 모든 사람들은 '그래 맞아'라고 하였다.

원장은 노동부에서 어떻게 반응 하든지 그의 장례식 모든 비용은 기관에서 담당 하겠다고 말하였다. 갑자기 한 사람이 일어나서 고인과 같은 훌륭한 사람은 찾아보기가 힘드니까 이러한 분은 거리에서 아무 소리 없이 조용히 보내는 것 보다는 꼭 웅장한 음악을 연주하면서 장례식을 해야했다고 말하였다.
그 때 눈물을 흘리며 고인의 조카인 칼레스니코프가
일어났다.

일어나서 다음과 같이 말했다.

"아이구, 나는 나의 삼촌과 함께 한 집에서 얼마
나 오래 살았는데요. 한번도 싸우지 않았다고 하면
거짓말이고, 그 반대로 자주 다퉜습니다. 살면서 나
의 삼촌이 얼마나 위대한 분인지 깨닫지 못했습니
다. 그래서 지금 여러분이 나의 삼촌에 대하여 이렇
게 귀중한 말씀을 해 주시니, 한 마디 한 마디가 마
치 녹아진 뜨거운 쇠의 방울처럼 내 마음 깊숙이 떨
어집니다. 그래서 내가 좀 더 삼촌에게 잘해주지 못
한 것에 대하여 두고두고 안타까울 것입니다. 따라
서 적어도 내가 아는 음악단에 가서 가장 좋은 여섯
개의 나팔과 한 개의 북으로 이뤄진 오케스트라를
부르도록 하겠습니다. 그렇게 해서 삼촌이 가시는
마지막 길에서 가장 특별하고 좋은 음악을 들려주
도록 하겠습니다."

거기 있는 모든 사람들은 말한다.

"그래, 잘 생각했다. 아무래도 그렇게 해야 그 동안 삼촌에 대한 너의 싸가지 없는 잘못을 조금이라도 덮을 수 있을 것 같아."

이렇게 해서 이틀 뒤에 장례식을 하였다. 꽃다발도 많고, 사람도 많았다. 음악가들은 역시 음악을 잘 연주 하였고 지나가는 사람들도 관심을 기울였다. 그래서 사람들이 "누구의 장례식인데 그래?"하고 물었다.

고인의 조카는 공동묘지에 가는 길에 원장한테 가까이 가서 조용한 목소리로 말한다.

"나는 이 오케스트라를 초대했는데, 이들은 지금 당장 지방순회공연을 해가야 한다고 하니까 돈을 미리 지불 해달라고 하네요. 돈을 빨리 주실 수 있을까요?"

원장이 놀란 표정을 지으며 그에게 말했다.

"처음부터 자네가 돈을 준다고 하지 않았나?"

조카는 놀라고 경겁한 표정을 지으며 말했다.

"아니, 원장님이 그러셨잖아요. 장례식의 모든 비용을 기관에서 부담하겠다고요. 저는 그냥 단지 오케스트라를 초대만 하면 되는 줄 알았습니다."

원장은 말했다.

"그건 나도 이해하는데 어떻게 하지, 다른 것은 다 견적서에 있은데 오케스트라만 없어. 그리고, 솔직히 말하면 죽은 사람이 뭐 그렇게 대단한가? 사실 별 의미 없는 평범한 사람이었는데 왜 갑자기 우리가 그를 위하여 오케스트라를 초대하겠는가? 절대로 이것은 해 줄 수 없네. 그러다가 노동부에서 그것을 알면 나는 완전히 박살난다니까."

원장 옆에서 걸어가는 사람들도 말했다.

"아니, 기관에서 사람이 죽을 때마다 장례식을 치르면 어떻게 되겠어? 트럭과 장례식의 모든 비용은 우리가 부담하니까 적어도 오케스트라는 자네 돈으로 지불해야지. 자네 삼촌이지 우리 삼촌이 아니잖아."

조카가 말했다.

"아이쿠, 이 사람들 봐라, 아니, 갑자기 내가 이백 루블이 어디서 난단 말입니까?"

원장이 말했다.

"다른 친척들과 돈을 모아서 하면 되잖아."

조카가 정신이 없는 상태에서 과부가 된 외숙모에게 달려가서 기가 막힌 이 모든 사실을 말했다. 과부는 더욱 큰 소리로 울기 시작하였다, 하지만 결국 돈을 지불해 주지 않겠다고 하였다.

콜레스느코프 장례식에 참여한 많은 사람들의 무리를 뚫고 오케스트라에 가까이 다가가서 더 이상 나팔을 불지 말라고 하였다. 일이 커져서 도대체 누가 그들에게 돈을 지불하는지 모르게 되었다.

지금까지 줄을 서서 걸어가던 음악가들 간에도 약간 혼란이 생겼다. 그들 중 선임 음악가가 말한다.

"음악은 끝까지 연주 하겠다. 그리고 소송을 걸어서라도 음악을 주문한 사람에게 돈을 다 받을 것이야."

그리고 쇠 심벌즈를 쳐서 큰 소리를 내며 논쟁을 더이상 하지 못하도록 하였다.

조카는 무리를 뚫고 다시 원장한테 가기 시작한다. 원장은 그것을 보고 안 좋은 일이 벌어지겠다는 것을 예지하며 미리 차를 타고 그 곳을 떠났다.

장례식에 참석하는 사람들은 이러한 난리 치고 뛰

고 소리를 지르는 일들 때문에 많이 놀랐다. 갑작스러운 원장의 큰 소리와 과부의 우는 소리로 인해 참석자들은 놀라움을 금치 못하였다.

사람들 간에 이런 저런 이야기들이 나오기 시작하고 난리가 났다. 누군가 갑자기 노동부에서 원장을 소환해서 이제 그는 끝장이고 그의 월급도 이제 깎일 것이라는 소문이 났다.

어쨌든 완전 정신이 없는 상태에서 공동묘지에 도착했다. 장례식은 일사천리로 진행되었다. 그가 죽은 첫 날처럼 아무도 말하지 않았기 때문에 빨리 끝났다. 그리고 귀가할 때는 불쾌한 기분으로 돌아갔다. 그들 중에 어떤 이들은 고인의 쓸모없는 인생의 이것 저것 잘못을 생각하면서 아예 욕을 하기까지 하였다.

다음 날 조카는 원장을 직접 만나서 얼마나 따졌는지 원장은 할 수 없이 노동부에 가서 의논하겠다고 약속을 하면서 '노동부에 있는 사람들과 일을 하는 거는 죽은 사람들과 일하는 것과는 매우 다르다'고 하였다.

결국, 할 수 없이 칼레스니코프는 그 동안 그를 괴롭힌 음악가들이 더 이상 자신을 위협하지 않도록 자신의 비싼 외투를 팔았다. 그 음악가들은 더럽게 지독한 사람들이었기에 만일 조카가 그들에게 돈을 지불하지 않았다면 어쩌면 또 장례식을 치러야 할지도 모를 정도였다. 어쨌든 조카는 자신의 외투를 260 루블에 팔았다. 200루블을 지불한 다음에 60루블이 남았다. 그 돈으로 고인의 조카는 삼일 째 정신 없이 술을 마시고 있다. 이 일로 인해 기관과 원장이 얼마나 무식하고 수준 낮은 사람들인지 것을 증명하였다.

이 이야기는 술 취해서 나를 찾아온 그 조카로부터 들은 것이다. 소매로 눈물을 닦으면서 이와 같은 불쾌했던 일에 대하여 나에게 말했다. 그런 그를 보면서 나는 이런 생각이 들었다.

'물론 이 일이 그에게 불쾌한 일이지만 인생의 마지막으로 불쾌한 일은 아니다. 다만 이미 죽은 그의 삼촌에게는 이 세상에서의 마지막 불쾌한 일이라고 할 수 있겠다.'

2부

렐랴와 민카

크리스마스트리

내 나이는 마흔이야. 그러니까 크리스마스트리를 본 게 벌써 마흔 번째라는 말이겠지. 참 많기도 하다, 그렇지? 그럼 우리 친구는 지금 몇 살이야? 다섯살, 일곱 살? 아, 그렇구나. 자, 하나만 물어 볼게? 우리 친구에게 크리스마스트리는 뭘까? 그냥 예쁜 나무? 아니면…….

솔직히 말해서 나는 태어나서 처음 3년 동안 크리스마스트리가 어떤 것인지 전혀 몰랐을 것이다. 그러니까 엄마가 나를 업고 크리스마스트리를 보여줘도 '이게 뭐지? 이상한 장식이 있는 나무네' 하고 그냥 지나쳤을 것이다. 하지만 다섯 살이 되었을 때 나는 크리스마스트리가 어떤 나무인지 알게 되었고 그때부터는 즐거운 크리스마스가 돌아오기를 손꼽아 기다리게 되었다. 자, 그럼 그때 그 시절로 돌아가볼까?

다섯 살 때 내가 제일 좋아한 명절은 '크리스마스트리의 날'이었다. 물론 내 생일날도 아주 중요한 날이었지만 말이다. 나는 매년 크리스마스를 기다리면서 살았다. 따뜻한 봄과 더운 여름, 비가 많이 오는 가을이 지나고 나면 그토록 기다리던 '그날'이 다가왔다.

어느 추운 겨울날, 나는 따뜻한 이불을 덮고 침대에 누워 있었다. 벌써 잠에서 깼지만 조금이라도 더 따뜻한 이불 속에 있고 싶었다. 바깥 날씨가 어찌나 추운지 집 안에서도 한기가 느껴졌기 때문이다. 그때 누군가가 내 위에서 나를 보고 있다는 느낌이 들었다. 조심스럽게 눈을 떠보니 파랗고 커다란 눈을 가진 누나가 내 얼굴을 내려다보면서 미친 듯이 웃고 있는 것 아닌가. 나는 깜짝 놀랐다. 장난꾸러기 누나가 또 무슨 짓을 하려고…….

"뭘 그렇게 놀라니, 이 멍청아! 메리 크리스마스!"

누나가 손가락으로 내 이마를 톡 건드리면서 말했다. 나는 작은 목소리로 "메리 크리스마스, 누나"라고 했다. 생각해보니 그렇게도 기다리던 '크리스마스'였다. 나는 "야호! 메리 크리스마스!"라고 외치며 침대 위에서 뛰기 시작했다. 그런데 그때 문득 머리에 떠오르는 것이 있었다.

"크리스마스트리는? 누나 크리스마스트리 봤어?"

"아니, 아직 못 봤어."

"에이, 내가 아니라 누나가 멍청이야."

나는 침대에서 뛰어내리면서 미친 사람처럼 큰 소리로 외쳤다.

"크리스마스다!"

그러고는 곧장 거실로 달려갔다. 하지만 안타깝게도 크리스마스트리는 보이지 않았다. 그때 엄마가 거실로 들어오면서 말했다.

"민카! 아침부터 왜 그렇게 소리를 지르니? 얼른 옷 갈아입어야지."

"엄마! 메리 크리스마스!"

"그래, 너도 메리 크리스마스!"

엄마가 내 뺨에 뽀뽀를 했다.

"그런데 엄마, 크리스마스트리는 언제 와?"

"조금 있다가 올 거야. 아빠가 사러 가셨거든. 너, 엄마가 허락할 때까지는 크리스마스트리 만지면 안 돼, 알았지? 얼른 옷 갈아입고 누나랑 놀고 있어."

"알았어, 엄마."

나는 "와, 크리스마스다!"라고 외치면서 내 방으로 뛰어갔다. 잠시 후에 아빠가 눈꽃이 채 녹지 않은 크리스마스트리를 가지고 들어왔다. 아빠가 그것을 난로 옆에 눕히자 언 나무가 조금씩 따뜻해지더니 온 집 안을 향긋한 냄새로 가득 채우기 시작했다. 아, 1년에 딱 한 번 맡을 수 있는 향기! 우리는 다 녹은 크리스마스트리를 큰방으로 옮겼다. 그리고 엄마가 트리를 장식하기 시작했다.

나와 나의 얄미운 누나는 엄마의 허락이 있기 전까지는 근처에도 갈 수 없었기 때문에 옆방에 들어가 몰래 문틈 사이로 지켜보고 있었다. 나는 눈이 빠지게 트리를 쳐다보다가 내 방으로 들어갔다. 작년에 받은 선물을 만지작거리며 초조하게 놀고 있었다. 그런데 그때 누군가가 내 등을 세게 때렸다. 깜짝 놀라 돌아보니 역시 장난꾸러기 누나였다.

그때 누나의 나이는 일곱 살이었다. 누나는 키가 크고 성격이 발랄한 소녀였지만, 나는 키가 작고 약간 둔한 아이, 아니, 키가 작고 착한 아이였다. 누나와 나는 더 이상 참지 못하고 트리가 있는 방으로 달려갔다. 트리를 자세히 들여다보는 것이 너무 좋았던 나는 '정말 예쁘고 멋진 크리스마스트리야!' 하고 생각했다.

크리스마스트리는 마치 동화에 나오는 아름다운 공주 같았다. 몸에는 금색과 은색 그리고 세상에서 가장 아름다운 색의 깃발과 구슬로 장식된 드레스를 걸치고 있었고, 머리에는 아름다운 금관처럼 빛나는 별을 달고 있었다. 하지만 무엇보다 내 마음을 끈 것은 트리 아래에 놓여 있는 선물들과 가지마다 달려 있는 맛있는 것들이었다. 초콜릿과 사탕, 과일……나는 무엇부터 맛을 봐야 할지 모를 정도로 정신이 없었다. 그런데 그때 누나가 말했다.

"민카! 우리 초콜릿 하나씩 먹자."

하지만 초콜릿은 높은 곳에 걸려 있었고 누나는 절대 초콜릿을 나눠 먹을 사람이 아니었다. 결국 나는 얄미운 누나가 초콜릿을 한입에 먹어 치우는 것을 지켜볼 수밖에 없었다.

"쳇, 그랬다 이거지! 누나가 초콜릿을 먹었으니까 나도 맛있는 걸 먹을 거야."

나는 아래쪽에 달려 있는 작은 사과를 한입 베어 먹었다. 그러자 누나가 뻔뻔스럽게 말했다.

"그렇다면 나도 가만히 있을 수 없지. 맛있는 초콜릿을 또 먹을 거야! 그리고 저기 저 사탕도 먹어 버릴 거야!"

누나는 키가 컸다. 그래서 높이 달려 있는 것을 잘 딸 수 있었다. 누나는 초콜릿을 따서 입 안에 넣더니 이내 커다란 사탕도 입 안에 넣어 버렸다. 그러고는 "메롱!" 하면서 약을 올렸다. 다시 한번 말하지만 당시에 나는 놀라울 정도로 키가 작았기 때문에 맨 아래쪽의 작은 사과 외에는 아무것도 먹을 수가 없었다. 나는 화가 났다.

"그래 좋아, 이 못된 누나야! 누나가 초콜릿 두 개를 더 먹었으니까 나도 저기 있는 사과를 더 먹을 거야!"

나는 두 손으로 사과를 꼭 잡고 작은 입으로 다시 한 조각 베어 먹었다. 누나는 기가 막힌다는 표정으로 바라봤다.

"너 사과를 두 번이나 베어 먹었지? 나도 이제 봐 주지 않을 거야. 여기 있는 초콜릿 내가 다 먹을 거야. 그리고 폭죽이랑 저기 저 예쁜 구슬도 내가 가질 거고."

그 순간 나는 울음이 터질 것만 같았다. 누나는 크리스마스트리에 달려 있는 것들 모두에 손이 닿았지만 나는 그 빌어먹을 사과밖에는……. 나는 화가 났다.

"누나, 미워! 의자 위에 올라가서 내가 원하는 걸 다 가지고 말 거야."

나는 고사리 같은 손으로 옆에 있던 큰 의자를 크리스마스트리 쪽으로 당기기 시작했다. 하지만 크고 무거운 의자는 넘어지고 말았고 그걸 보고 있던 누나는 '히히' 하면서 나를 비웃었다. 나는 화가 나서 다시 의자를 일으켜 세우려고 했다. 하지만 의자는 다시 넘어지고 말았다. 그런데 이걸 어쩌나? 그 크고 무거운 의자가 크리스마스트리 아래에 있는 선물들 쪽으로 넘어져 버린 것이다. 깜짝 놀란 누나가 내 머리에 꿀밤을 때리며 말했다.

"잘한다! 너 이제 어떡할 거야? 사기 인형을 깨뜨린 거 같은데……. 봐 봐! 여기 팔이 떨어졌잖아."

그때 엄마의 발소리가 들렸다. 누나와 나는 허둥지둥 다른 방으로 달아났다. 누나는 "민카, 너 이제 엄마한테 엄청 혼날 거야"라고 하면서 계속 겁을 주었다. 나는 울고 싶었지만 바로 그 순간에 손님들이 찾아왔다. 초대받은 아이들과 그 부모들이었다. 엄마가 크리스마스트리에 달린 초에 불을 붙였고 손님으로 온 아이들과 부모들이 트리 주위에 둘러섰다. 엄마가 큰 소리로 말했다.

"자, 한 명씩 와! 선물도 주고 맛있는 것도 하나씩 줄게."

엄마는 우리의 이름도 불렀다.

"민카, 렐랴, 이리와!"

누나가 크리스마스트리를 처음 본 사람처럼 "와우!"하고 소리를 질렀다. 나도 누나를 따라서 "와우"하고 소리쳤지만 솔직히 내 관심은 선물들 위로 떨어진 의자에 쏠려 있었다. 바로 그때 엄마가 미소 띤 얼굴로 말했다.

"민카, 누나랑 같이 줄 서! 엄마가 크리스마스 선물 줄게."

좋아서 어쩔 줄 몰라하는 아이들이 한 사람씩 엄마 앞으로 다가갔다. 엄마는 아이들에게 선물을 주면서 크리스마스트리에 달려 있는 사과와 초콜릿과 사탕도 하나씩 나눠 주었다. 아이들은 기쁨을 감추지 못했다. 드디어 엄마가 내가 아까 베어 먹은 사과를 손에 잡았다. 엄마는 작은 목소리로 말했다.

"렐랴! 민카! 이리 와 봐. 누가 이 사과를 베어 먹은 거니?"

얄미운 누나가 말했다.

"민카가 그랬어요."

나는 누나의 머리를 살짝 잡아당기며 말했다.

"누나가 시켰어요."

엄마가 작은 목소리로 말했다.

"그래, 알았어. 누나에게 벌을 줘야겠구나. 손님들 가시고 나면 벽 보고 서 있어! 그리고 민카! 이 장난 감 기차를 선물로 주려고 했는데 안 되겠구나. 사과 를 받지 못한 아이에게 줘야지 어쩌겠니."

엄마는 네 살 난 아이에게 장난감 기차를 건네줬 다. 아이는 신이 났는지 그 자리에서 장난감 기차를 가지고 놀기 시작했다. 화가 난 나는 장난감 기차를 빼앗아 그 기차로 아이의 손을 때렸다. 아이는 죽겠 다고 소리를 지르면서 울어 대기 시작했다. 그러자 아이의 엄마가 아이를 안아 주면서 "다시는 이 집에 놀러 오지 않겠어요"라고 말했다. 그 말을 들은 나는 "네, 가세요! 그럼 이 기차는 내 것이 될 테니까요"라 고 당당하게 말했다. 아이의 엄마는 내 말을 듣고 크 게 당황하는 눈치였다. 아이의 엄마가 우리 엄마에 게 말했다.

"이 집 아들은 나중에 강도가 될지도 모르겠네 요."

이번에는 우리 엄마가 나를 안아 주면서 그 아주머니에게 말했다.

"내 아들에 대해 함부로 말하지 말고 얼른 우리 집에서 나가 주세요. 그리고 다시는 우리 집에 올 생각하지 마세요!"

그러자 그 아주머니가 말했다.

"네, 그럴게요. 당신 같은 사람과는 상대를 안 하는 게 낫겠어요."

그때 다른 아주머니가 말했다.

"나도 가겠어요. 우리 딸이 팔 없는 인형을 받아야 할 이유가 뭐래요?"

이 말을 들은 우리 누나가 말했다.

"네, 좋아요. 가세요! 아주머니도 얼른 아이 데리고 가 주세요. 그럼 팔 없는 인형이 내 차지가 될 테니까요."

누나의 말을 듣고 더 용감해진 나는 엄마의 팔에 안겨 누나보다 더 큰 소리로 말했다.

"그래요. 다들 집에 가세요! 그럼 이 선물들 전부 나와 누나가 가지면 되겠네요!"

내 말을 들은 손님들이 한 명씩 떠나기 시작했고 잠시 후에는 엄마와 누나 그리고 나 세 사람만 남게 되었다. 엄마는 몹시 당황한 듯했다. 바로 그때 아버지가 방으로 들어와 말했다.

"이런 식으로 아이들을 키우면 안 돼. 아이들을 망치는 거라구. 손님들과 다투고 그들을 내쫓는 걸 가르치면 앞으로 살아가기도 힘들고 나중에 죽을 때도 외롭게 죽게 돼. 그러면 안 돼."

아버지가 말했다.

"가서 잠이나 자! 그리고 이 선물들은 내일 손님들에게 다시 나눠줄 거야."

친구들아! 그때 그 크리스마스 이후로 35년이 흘렀지만 지금도 그날의 크리스마스트리를 잊을 수가 없어. 그날 이후로 난 남의 사과를 뺏아먹거나 나보다 약한 사람을 때린 적이 없어. 사람들 말로는 그때 그 일이 있었기 때문에 지금처럼 착한 아저씨로 살 수 있게 된 거래.

덧신과 아이스크림

나는 어릴 때 아이스크림을 무척 좋아했다. 물론 지금도 좋아하지만 그때 내게는 아이스크림이 아주 특별한 것이었다. 아이스크림 장수가 우리 집 앞을 지나가면서 "아이스케키 사세요!"라고 외치면 나는 늘 머리가 어지러워지곤 했다. 그 정도로 아이스크림을 좋아했다는 말이다. 물론 우리 누나도 아이스크림을 좋아했다. 하지만 엄마는 "감기 걸린다" 하시면서 아이스크림을 먹지 못하게 하셨다. 물론 아이스크림 살 돈도 주지 않으셨다. 우리는 빨리 어른이 되어 하루에 세 번, 아니 네 번, 다섯 번씩 아이스크림을 먹게 되기를 꿈꾸었다.

그러던 어느 여름날이었다. 나와 누나는 집 앞 작은 동산에서 놀다가 사철나무 밑에서 덧신 한 짝을 발견했다. 낡고 떨어진 그야말로 보잘것없는 덧신이었다. 누군가가 구멍이 나서 버린 것 같았다. 누나는 긴 장대에 덧신을 걸어 깃발처럼 흔들며 뛰기 시작했고 나도 소리를 지르며 누나의 뒤를 따라 뛰었다. 그때 지나가던 고물 장수 아저씨가 "유리병이나 헌옷 삽니다!" 하고 소리쳤다. 그 아저씨는 장대 위에 걸린 덧신을 보고 "애야, 그 덧신 나한테 팔지 않겠니?" 하고 물으셨다. 그 말이 농담이라고 생각한 누나는 "네, 팔게요. 가격은 100루블이에요"라고 했다.

고물 장수 아저씨는 어이가 없다는 듯 웃으면서 말씀하셨다.

"100루블은 너무 많아. 20코페이카 줄 테니 그 덧신 내게 팔아라."

아저씨는 주머니 속을 뒤져 20코페이카를 건네준 다음 덧신을 가방에 넣고 유유히 사라졌다. 우리는 그 말이 농담이 아니었다는 사실에 할 말을 잃어버렸다. 우리는 고물 장수 아저씨가 사라진 후 한참 동안 제자리에 서서 아저씨가 주고 간 돈을 쳐다보고 있었다. 그때 갑자기 아이스크림 장수 아저씨의 목소리가 들렸다.

"딸기 아이스크림 사세요! 맛있는 아이스케키 사세요!"

그 소리를 듣고 정신이 번쩍 든 우리는 냉큼 아이스크림 장수 아저씨에게 달려가 10코페이카짜리 아이스크림 두 개를 샀다. 순식간에 아이스크림을 먹어 치운 누나와 나는 덧신을 너무 싸게 판 것을 후회하기 시작했다.

다음 날, 누나가 내게 말했다.

"민카! 나 오늘 고물 장수 아저씨한테 덧신 한 짝을 또 팔 거야."

나는 기뻐하면서 누나에게 물었다.

"누나! 덧신 또 주웠어?"

"아니, 아무리 찾아봐도 없더라. 그런데 생각해 보니까 우리 집에 덧신이 15개나 있잖아. 하나쯤은 팔아도 괜찮을 거야."

누나는 이렇게 말하고 서둘러 집으로 달려갔다.

그날 우리 집에는 아버지의 친구들이 놀러 와 있었다. 그래서 현관에는 열다섯 켤레의 덧신이 우리를 기다리고 있었다. 누나는 언뜻 보아도 좋아 보이는 새 덧신 한 짝을 들고 나와서 이렇게 말했다.

"민카, 잘 들어 봐. 고물 장수 아저씨가 구멍 난 덧신을 20코페이카에 샀어. 그런데 이건 새 덧신이야. 그럼 훨씬 많은 돈을 받고 팔 수 있겠지? 와, 아이스크림 정말 많이 살 수 있겠다, 그렇지?"

우리는 흥분된 마음으로 고물 장수 아저씨를 기다렸다. 한 시간쯤 지나자 고물 장수 아저씨가 나타났다.

"이번에는 민카 네가 덧신을 팔아 봐. 넌 남자니까 잘 할 수 있을 거야. 지난번처럼 20코페이카에 팔 수는 없잖아. 20코페이카로는 아이스크림을 많이 살 수 없다는 거 잘 알고 있지?"

나는 누나가 했던 것처럼 장대 끝에 덧신을 걸고 온 힘을 다해 흔들기 시작했다. 고물 장수 아저씨가 내게 다가와서 말했다.

"덧신 또 팔려고?"

나는 다 죽어 가는 목소리로 대답했다.

"네, 팔려고요."

아저씨가 덧신을 살펴보면서 말했다.

"애들아, 너희들은 왜 덧신을 한 짝씩만 파는 거냐? 자, 이 덧신은 50코페이카에 살게. 한 짝이 더 있으면 훨씬 더 많이 받을 수 있을 텐데……."

누나는 나에게 "민카! 집에 가서 나머지 한 짝을 가져와"라고 말했다. 나는 집으로 뛰어가서 제일 큰 덧신 한 짝을 골랐다. 그리고 그것을 들고 누나와 고물 장수 아저씨가 있는 곳으로 달려갔다.

고물 장수 아저씨는 덧신 두 짝을 바닥에 가지런히 내려놓고 한숨을 지으며 말했다.

"아니, 너희들…… 정말 돌아버리겠다! 한 짝은 여자 덧신이고 다른 한 짝은 남자 덧신이야. 한 짝에 50코페이카씩 주고 싶었는데 도저히 안 되겠다. 그냥 40코페이카만 줄게."

누나가 또 다른 덧신을 가져오기 위해 집으로 달려갔을 때 엄마의 목소리가 들렸다. "애들아! 손님들 가신다. 어서 와서 인사해야지."

고물 장수 아저씨가 위엄 있는 목소리로 말했다.

"얘들아! 덧신 두 짝에 40코페이카를 줄까 했는데 시간을 너무 끌어서 안 되겠다. 30코페이카만 줄게."

고물 장수 아저씨는 30코페이카를 누나에게 건네주고 덧신을 가방에 넣었고 우리는 집으로 달려가서 손님들께 인사를 했다. 올랴 아주머니와 콜랴 아저씨가 현관으로 걸어 나왔다. 그런데 그때 올랴 아주머니가 당황스러운 말투로 "어, 이상하다. 내 덧신 한 짝이 어디 갔지?"라고 했다. 누나와 나는 얼굴이 하얗게 질리고 말았다. 그때 콜랴 아저씨도 당황스러운 목소리로 "내 덧신도 한 짝이 없어졌네?"라고 했다. 이 말을 들은 누나가 당황한 나머지 손에 쥐고 있던 동전 세 개를 떨어뜨렸다. 그러자 아빠가 물었다.

"이 돈 어디서 났니?"

누나가 거짓말을 하려고 하자 아빠가 말했다.

"거짓말보다 더 나쁜 건 없어."

누나가 울기 시작했고 옆에 있던 나도 덩달아 울

기 시작했다. 내가 큰 소리로 울면서 말했다.

"아이스크림이 먹고 싶어서 고물 장수 아저씨한테 팔았어요."

아빠는 "거짓말보다 더 나쁜 것이 있는데 그게 바로 오늘 너희들이 한 짓이다"라고 했다. 덧신을 고물 장수에게 팔았다는 말을 들은 올랴 아주머니는 얼굴이 창백해지면서 비틀거렸고 콜랴 아저씨도 비틀거리며 가슴을 움켜쥐었다.

아빠가 말했다.

"올랴 아주머니, 콜랴 아저씨! 걱정하지 마세요. 제가 렐랴와 민카의 장난감을 고물 장수에게 팔아서 새 덧신을 사 드리겠습니다."

누나와 나는 더 큰 소리로 울기 시작했다. 그러자 아빠가 말했다.

"이게 다가 아니야. 앞으로 2년 동안은 아이스크림이고 뭐고 없을 줄 알아."

아버지는 누나의 장난감과 내 장난감을 고물 장수 아저씨에게 팔았다. 그리고 그 돈으로 올랴 아주머니와 콜랴 아저씨에게 새 덧신을 사 드렸다.

아버지가 말씀하신 2년이 지나고 다시 아이스크림을 먹을 수 있게 되었을 때 나는 그날의 일을 떠올렸다. 어른이 된 지금도 마찬가지다. 아이스크림을 먹을 때마다 왠지 목구멍이 불편해 옴을 느끼며 '이 맛있는 것을 먹기 위해 혹시 거짓말을 하지는 않았을까?' 하고 생각해 본다. 오늘날 많은 사람들이 아이스크림을 먹는데 그들도 이런 생각을 하면서 먹으면 어떨까? 친구들은 어때?

30년 후

내가 어렸을 때 나의 부모님은 나를 무척이나 사랑하셨다. 특히 내가 아플 때는 많은 선물을 사주곤 하셨다. 나는 감기도 자주 걸리고 배도 자주 아팠다. 하지만 누나는 좀처럼 아픈 일이 없었다. 그래서인지 누나는 내가 아플 때마다 샘을 내면서 말했다.

"민카! 나도 언젠가는 아주 많이 아플 거야. 그럼 엄마와 아빠가 너한테 사 주신 것보다 더 많은 선물을 내게 사 주실 거야."

하지만 누나는 늘 건강했다. 딱 한 번, 경대 위에 있는 엄마의 시계를 만지려다가 의자에서 떨어져 이마를 다친 적이 있는데 그때도 누나는 아프다고 난리를 치는 바람에 괜히 야단만 맞았다. 왜냐하면 "시계를 만지면 안 돼!"라는 엄마의 말을 듣지 않았기 때문이다.

하루는 엄마와 아빠가 극장에 가고 안 계실 때 누나와 내가 장난감 당구공을 가지고 놀았다. 그런데 한참 재미있게 놀던 누나가 갑자기 소리를 질렀다.

"민카! 큰일 났어! 당구공을 삼켰어. 공을 입에 넣고 빠는데 갑자기 그 공이 목구멍으로 넘어가 버렸어."

쇠로 만든 당구공은 크기에 비해 상당히 무거웠다. 그래서 나는 그렇게 무거운 공을 삼켰다는 말에 놀라지 않을 수 없었다. 누나의 배 속에서 공이 폭탄처럼 터질지도 모른다는 생각에 나는 그만 울음을 터뜨리고 말았다. 하지만 누나는 다 죽어가는 목소리로 말했다.

"아니야, 터지지는 않을 거야. 하지만 난 이제 아주 위험한 병에 걸릴 거야. 배탈이나 감기하고는 비교도 안 되는 아주 무서운 병 말이야. 어쩌면 죽을 때까지 아플지도 몰라."

누나는 소파에 드러누워 앓는 소리를 내기 시작했다. 그리고 얼마 후에 엄마와 아빠가 돌아오셨다.

내가 울먹이면서 말했다.

"누나가 당구공을 삼켰어요. 이제 죽을 때까지 아플 거래요."

엄마와 아빠가 소파에 누워 있는 누나에게 달려가 누나를 안아주고 누나의 볼에 뽀뽀를 했다. 그러고는 갑자기 울기 시작했다. 눈물을 흘리던 엄마가 누나에게 "배 속에 있는 공이 느껴져?" 하고 물으셨다. 누나는 다 죽어가는 목소리로 "공이 이리저리 굴러다녀. 그래서 그런지 배 속이 너무 간지러워. 엄마나 맛있는 초콜릿과 오렌지 먹고 싶어"라고 말했다.

아빠가 방금 전에 벗은 외투를 다시 입으면서 "렐랴를 침대로 옮겨요. 내가 의사 선생님을 모시고 올게"라고 했다.

엄마가 누나에게 잠옷을 입히려고 누나의 원피스를 벗겼다. 그런데 그때 누나의 원피스에서 당구공 하나가 굴러 떨어지더니 침대 밑으로 쏙 들어가 버렸다.

아빠는 갑자기 얼굴색이 변하더니 당구대 위에 있는 당구공을 세기 시작했다. 당구대 위에 있는 공이 모두 열다섯 개. 그리고 침대 밑으로 들어간 공이 한 개.

"렐랴가 거짓말을 했구나. 렐랴의 배 속에는 당구공이 없어."

엄마가 말했다.

"아무래도 렐랴가 좀 이상해. 어떻게 그런 거짓말을 할 수 있지?"

아빠는 한 번도 우리를 때린 적이 없었다. 하지만 이번에는 달랐다. 아빠는 누나의 머리카락을 잡아당기면서 사실대로 말하라고 다그치셨다.

누나는 입이 열 개라도 할 말이 없었고 급기야 울음을 터뜨리고 말았다.

아빠가 말했다.

"렐랴, 장난을 치고 싶었니? 하지만 아빠에게 이런 장난을 치면 안 돼. 앞으로 일 년 동안은 선물이고 뭐고 없어. 그리고 네가 그렇게도 싫어하는 청색 원피스만 입어야 해."

엄마와 아빠가 방에서 나가셨다. 나는 웃음을 참을 수 없었다.

"아유, 이 바보 같은 누나야! 그런 거짓말을 해서 선물을 받느니 차라리 감기에 걸려서 선물을 받는 게 더 낫겠다."

당구공 사건이 있은 지도 벌써 30년이 되었다. 그동안 잊고 지내다가 이번에 책을 쓰기 시작하면서 다시 생각이 난 것이다. '누나는 왜 그런 어리석은 거짓말을 했을까? 선물 때문에? 아니면 또 다른 이유 때문에?' 그 이유가 궁금해진 나는 어느 날 멀리 사는 누나의 집을 찾아갔다. 누나는 세 아이의 엄마가 되어 있었다.

나는 도착하자마자 누나에게 물었다.

"누나! 우리 어렸을 때 그 당구공 사건 아직 기억해? 그때 왜 그랬어?"

누나가 얼굴을 붉히며 말했다.

"그때 넌 귀엽고 예쁜 아이였지만 나는 귀여운 구석이라고는 찾을 수 없는 다 큰 소녀였어. 그래서 너처럼 부모님의 사랑을 받고 싶어서 당구공을 먹었다고 거짓말을 했던 거야."

"누나! 난 그때 누나가 왜 그랬는지 그 이유가 알고 싶어서 이렇게 누나를 찾아온 거야."

나는 누나를 꼭 안아주면서 누나의 볼에 뽀뽀를 했다. 그리고 누나에게 백만 루블을 주었고 세 명의 조카들에게는 장난감 사라고 십만 루블씩을, 매형에게는 '행복하세요'라는 문구가 새겨진 금시계를 선물로 주었다. 누나는 고맙다고 하면서 눈시울을 적셨다.

다음 날, 나는 집으로 돌아가면서 생각했다. '사랑하는 사람에게는 사랑한다고 말을 해야 해. 그리고 그 표시로 선물도 해야 하고. 그러면 선물을 주는 사람과 받는 사람 모두 행복해지는 거야.'

다른 사람을 불쌍히 여기지 않는 사람, 다른 사람을 불행하게 만드는 사람은 스스로 불행해지기 마련이다. 하지만 마음이 선한 사람들은 늘 행복감을 느끼며 건강하게 살아간다.

거짓말하면 안 돼요

학창 시절에 우리에게는 점수를 매기는 숙제장이 있었고 선생님은 그 숙제장에 A부터 F까지의 점수를 매겨 주셨다.

나는 다른 아이들보다 한 살 더 일찍 학교에 들어갔다. 학교와 학교 생활에 대해 전혀 알지 못했던 나는 처음 3개월 동안은 해야 할 일을 제대로 하지 못하고 마냥 헤매기만 했다. 하루는 담임선생님이 시를 외워 오라는 숙제를 내주셨는데 그것은 '달이 마을 위에서 즐겁게 빛나고 하얀 눈이 파란 빛으로 빛나며 달과 함께 장난을 친다'는 시였다.

선생님이 숙제를 내주실 때, 뒤에 앉아 있던 형들

이 하도 괴롭혀서 나는 선생님이 하시는 말씀을 제대로 들을 수 없었고 결국 시를 외워 가지 못했다. 뒤에 앉아 있던 나쁜 형들은 계속 나를 괴롭혔다. 책으로 뒤통수를 치고, 귀에 물감을 칠하고, 의자 위에 몰래 연필이나 압핀을 놓아두었다. 나의 학교 생활은 이렇게 정신없이 지나갔다. 형들이 또 무슨 장난을 칠지 몰라 마음이 불안했던 나는 좀처럼 선생님의 말씀에 귀를 기울일 수 없었다. 그런데 선생님께서는 숙제로 내준 그 시를 내게 외워 보라고 하셨다.

　나는 시를 외우기는커녕 아예 그런 시가 있는 줄도 몰랐다. 그리고 시를 외우지 못했다고 말할 용기도 없었다. 결국 전혀 알지 못하는 시를 암송해야만 했다. 그런데 잔뜩 겁에 질려 있던 나에게 갑자기 그 나쁜 형들이 작은 목소리로 시를 알려주는 것 아닌가. 나는 용기를 내어 큰 소리로 시를 외우기 시작했다. 그런데 뜻하지 않게 일이 꼬이고 말았다. 얼마 전 감기에 걸려 잘 들리지 않게 된 내 귀가 화근이었다. 시 앞부분은 그런대로 잘 따라 했지만 뒷부분은 완전히 엉망이 되고 말았다. '하늘의 별들도 활짝 웃었다'라고 해야 하는데 그만 '바늘의 벌들도 살짝 울었다'라고 해버린 것이다.

말도 안 되는 시구를 들은 선생님과 형들이 웃음을 터뜨렸다. 잠시 후에 선생님이 내게 말했다.

"자, 숙제장을 내도록 해! F를 줘야겠다."

나는 F라는 점수가 어떤 점수인지도 몰랐고 또 그런 점수를 받으면 어떻게 되는지도 몰랐지만 어쨌든 내가 받은 첫 번째 점수였기 때문에 약간은 당황스러웠다.

수업이 끝난 후에 누나가 나와 함께 집에 가기 위해 우리 교실로 왔다. 나는 누나에게 숙제장을 보여 주면서 말했다.

"누나! 이거 좀 봐! 이 점수 어떤 점수야? 오늘 내가 시를 외우고 받은 점수거든."

누나가 큰 소리로 웃으면서 말했다.

"민카! 이건 아주 형편없는 점수야. 국어 선생님이 F를 주셨구나. 아버지께서 아시면 2주 후에 네 생일 선물로 사 주기로 약속한 사진기를 안 사 주실 거 같은데."

내가 말했다.

"누나! 그럼 어떡해?"

누나가 대답했다.

"내가 아는 한 여자 아이는 F 점수가 적힌 페이지와 그 옆 페이지를 풀로 붙여 버렸어. 아버지가 F 점수를 보지 못하게 말이야."

내가 말했다.

"부모님을 속이는 건 나쁜 짓이야!"

누나는 코웃음을 치면서 "마음대로 해"라고 말하고는 집으로 가버렸고 나는 풀이 죽어 공원 안 벤치에 털썩 주저앉았다. 그러고는 숙제장을 펼쳐 다시 한번 F 점수를 보았다. 속이 상해서 견딜 수가 없었다.

나는 한동안 벤치에 앉아 있다가 집으로 발걸음을 옮겼다. 그런데 집에 거의 다 왔을 때 문득 공원 벤치 위에 숙제장을 놓고 온 것이 생각났다. 나는 다시 공원으로 뛰어갔다. 하지만 내가 앉아 있던 벤치에는 아무것도 없었다. 처음에는 약간 당황스러웠지만 시간이 조금 지나자 숙제장을 잃어버린 것이 오히려

잘된 일이라는 생각이 들었다.

나는 집에 가자마자 숙제장을 잃어버렸다고 했다. 그러자 누나가 뭔가를 알고 있다는 듯 내게 윙크를 했다. 하지만 그 기쁨도 잠깐, 다음 날 선생님께서 내가 숙제장을 잃어버린 것을 아시고는 새로운 숙제장을 주셨다. 나는 '새 숙제장에는 F 라는 점수가 적혀 있지 않겠지' 하면서 숙제장을 펼쳤다. 그런데 새 숙제장에는 어제 잃어버린 숙제장의 F보다 더 크고 굵은 F가 적혀 있었다.

나는 신경질이 나서 숙제장을 집어던졌다. 그런데 어찌나 세게 던졌던지 숙제장이 사물함 뒤로 떨어지고 말았다. 이틀 후에 새로운 숙제장까지 잃어버린 것을 알게 된 선생님께서 또 새 숙제장을 주셨다. 이번에는 F 점수뿐만 아니라 벌점까지 적혀 있는 숙제장이었다. 선생님께서는 아버지의 사인을 받아오라고 하셨다.

수업이 끝난 후에 누나가 나를 찾아와 말했다.

"민카! 걱정하지 마. 누나가 도와줄게. 일단 F가 있는 페이지를 풀로 붙여. 그리고 일주일 후에 아버지가 사진기를 선물로 사 주시면 그때 풀로 붙인 페이지를 떼어서 아빠에게 보여 드려. 잠깐 동안 속이는 건 괜찮을 거야."

사진기가 너무 갖고 싶었던 나는 누나의 말대로 점수가 적힌 페이지를 풀로 붙였다. 그날 저녁에 아버지가 나를 불러 말씀하셨다.

"우리 아들 학교 생활은 잘 하고 있겠지? 혹시 F를 받은 건 아니겠지? 자, 숙제장 가져와 봐."

F 점수가 적힌 페이지를 풀로 붙여 놓았기 때문에 아버지는 그 점수를 볼 수가 없었다. 그런데 그때 어떤 여자가 찾아왔다.

"저, 며칠 전에 공원에서 산책을 하다가 이 숙제장을 주웠어요. 숙제장에 이 집 주소와 아드님의 이름이 적혀 있는데, 혹시 아드님이 숙제장을 잃어버리지 않았나요?"

아버지는 그 여자가 내민 숙제장을 펼쳤다. F 점수가 큼지막하게 눈에 띄었다. 하지만 아버지는 소리를 지르거나 화를 내지 않으시고 아주 조용한 목소리로 말씀하셨다.

"거짓말을 하거나 사기를 치는 것은 어리석은 사람들이나 하는 짓이야. 언젠가는 드러나게 되어 있어."

나는 너무 창피해서 아버지와 눈을 마주칠 수가 없었다. 그래서 나도 아버지처럼 작은 목소리로 말했다.

"아버지! 선생님께서 주신 두 번째 숙제장이 교실 사물함 뒤에 있어요. 사실은 거기에도 F가 있어요. 화가 나서 던졌는데 그만 사물함 뒤로 떨어지고 말았어요."

나는 아버지가 화를 내시겠지 생각하며 야단 맞을 준비를 하고 있었다. 그런데 놀랍게도 아버지는 화를 내지 않으시고 오히려 환하게 웃으면서 나를 안아주셨다.

"사랑하는 아들아! 솔직하게 말해 줘서 너무 고맙구나. 말하지 않으면 아무도 알지 못할 일을 솔직하게 털어놓는 건 정말 훌륭한 일이야. 이런 너의 행동을 보니 이제 더 이상 거짓말은 하지 않을 것 같구나. 생일날까지 기다릴 것 없이 오늘 당장 사진기를 사 주마."

누나가 아버지 눈치를 살피다가 가만히 아버지에게 다가가서 말했다. 그것도 아주 자랑스럽게.

"아빠! 저도 어제 하루 종일 놀아서 수학 숙제를 못해 갔어요. 그래서 오늘 F를 받았어요."

하지만 누나는 칭찬 대신 야단만 맞았다. 아버지는 누나에게 "얼른 수학 숙제나 해!"라고 말씀하셨다.

그날 저녁에 누나와 나는 일찍 잠자리에 들었다. 그런데 그때 누군가가 우리 집을 찾아왔다. 나의 담임선생님께서 아버지를 만나러 오신 것이었다.

"오늘 우리 반에서 대청소를 했는데 사물함 뒤에서 민카의 숙제장이 나왔어요. 민카는 아버님을 속이는 작은 거짓말쟁이입니다. 아무래도 아버님의 훈계가 필요할 것 같습니다."

그때 나의 아버지는 이렇게 말씀하셨다.

"그 얘기는 들어서 알고 있습니다. 하지만 민카는 자신이 무엇을 잘못했는지 알고 있습니다. 그리고 앞으로는 그런 일이 없을 겁니다."

"아, 알고 계셨군요. 그렇다면 제가 괜히 왔네요. 실례했습니다. 안녕히 주무십시오."

침대에 누워 두 분의 대화를 듣고 있던 나는 아버지의 마지막 말씀에 가슴이 뭉클했다.

나는 다시는 거짓말을 하지 않겠다고 다짐했다. 그리고 지금까지도 그 약속을 지키고 있다. 항상 진실만을 말할 수는 없다. 하지만 진실을 말할 때 비로소 마음이 평안해지고 즐거워진다.

뜻밖의 보물

나는 누나와 함께 놀다가 너무 따분하고 심심해서 무슨 재미있는 일이 없나 하고 궁리를 했다. 그때 기발한 아이디어 하나가 떠올랐다. 나는 개구리와 거미를 잡아 고급스러운 초콜릿 상자 속에 넣고 잘 포장한 다음 그 상자를 사람들이 지나다니는 길바닥에 놓았다. 그러고는 나무 뒤에 숨어서 지나가는 사람들이 이 뜻밖의 선물을 발견하기를 기다렸다. 드디어 어떤 아저씨가 상자를 발견했는데 그 아저씨는 큰 횡재라도 한 듯 좋아하면서 포장지를 뜯었다. 그리고 고급스러운 초콜릿 상자를 발견하고는 얼굴이 더 환해졌다. 누나와 나는 다음에 무슨 일이 일어날

지 기대하며 숨을 죽이고 있었다. 아저씨가 맛있는 초콜릿을 맛보기 위해 상자를 여는 순간 상자가 위로 튀어 올랐다. 화들짝 놀란 아저씨가 상자를 잡으려고 했지만 상자는 계속 튀어 올랐다.

결국 아저씨가 상자를 잡아 뚜껑을 열었다. 그러자 상자 속에 있던 개구리가 밖으로 튀어 나와 아저씨 발 위에서 뛰어다니기 시작했다. 아저씨는 소스라치게 놀라면서 길바닥에 주저앉았다.

그 광경을 지켜보고 있던 우리는 더 이상 웃음을 참을 수가 없었다. 그리고 다음 순간 우리의 웃음소리를 들은 아저씨가 우리를 잡으려고 뛰어왔다. 이번에는 우리가 소리를 지르며 달아나기 시작했다. 누나는 재빨리 달아났지만 나는 뛰다가 넘어져 버렸다. 아저씨가 야단을 치면서 내 귀를 잡아당겼고 나는 큰 소리로 엄마를 불렀다. 아저씨는 다시 한 번 내 귀를 세게 잡아당기고는 가던 길을 다시 가기 시작했다.

잠시 후에 부모님께서 달려오셨다. 나는 늘어난 귀를 만지면서 부모님께 자초지종을 말씀드렸다. 엄마는 당장 그 아저씨를 찾아서 따져야 한다고 하셨고 누나는 경비 아저씨를 부르러 가겠다고 했다. 그때 아버지가 그럴 필요 없다고 하셨다.

"물론 그 사람이 우리 아들을 혼낸 것은 괘씸한 일이지만 잡아서 신고를 할 정도는 아니야."

이 말을 들은 엄마가 말했다.

"당신은 참 자기밖에 몰라요."

엄마의 말이 맞다고 생각한 나는 아픈 귀를 만지면서 큰 소리로 울기 시작했다. 누나도 따라서 울기 시작했다. 엄마가 나를 안아주면서 말했다.

"알지도 못하는 사람을 감싸주기보다는 그 사람이 우리 아이들에게 한 짓을 나무라야 하는 거 아니에요? 난 우리 애들이 잘못했다고 생각하지 않아요. 철없는 아이들의 장난일 뿐이잖아요."

아버지가 잠시 망설인 후에 말했다.

"이런 장난이 왜 나쁜지는 나중에 어른이 되면 알게 될 거야."

그날로부터 12년이 지났을 때 나는 열여덟 살의 청년이 되어 있었다. 물론 그때는 개구리 상자에 관한 이야기를 떠올리지도 않았다.

그러던 어느 날, 시험을 끝낸 나는 좋은 아르바이트 자리가 났다는 이야기를 듣고 카프카즈로 갔다. 철도 개찰구에서 표를 검사하는 일이었다. 그런데 아르바이트를 하기 위해서는 철도회사 사무실이 있는 다른 도시로 먼저 가야만 했다. 사무실에 가서 미리 월급을 받고 일하는 데 필요한 서류를 받아야 일을 시작할 수 있었기 때문이다.

월급과 서류와 검표기를 받기 위해 철도회사 사무실이 있는 도시에 도착한 것은 오후 무렵이었다. 나는 역사 안에 있는 짐 보관소에 짐을 맡긴 후 전차를 타고 사무실에 도착했다. 그런데 경비 아저씨가 나를 보고는 이렇게 말했다.

"젊은이, 너무 늦었어. 직원들이 퇴근하고 없으니 나중에 오게."

나는 너무나도 황당했다.

"아니, 무슨 말씀이세요? 전 오늘 여기서 돈과 서류를 받아 가야 해요."

경비 아저씨가 말했다.

"다른 방법이 없으니 모레 다시 와.

"그럼 내일 오겠습니다."

경비 아저씨가 말했다.

"내일은 공휴일이잖아. 그러니까 모레 오게. 모레 오면 자네가 원하는 걸 다 받을 수 있을 거야. 그럼, 잘 가게."

경비 아저씨가 문을 닫아 버렸다.

거리로 나온 나는 너무 비참하다는 생각이 들었다. 앞으로 이틀을 머물러야 하는데 아는 사람도 없고 가진 돈도 10루블뿐이었다. 어디서 자고 무엇으로 끼니를 때울지 난감하기만 했다. 나는 돈을 아끼기 위해 기차역까지 걸어갔다. 가진 것 중에 하나를 시장에 내다 팔아야 돈이 좀 생길 것 같았다. 하지만 짐을 찾으려면 보관료를 지불해야 하는데…….

돈이 없어 짐을 찾을 수 없었던 나는 빈 손으로 기차역에서 나와야 했다. 내 신세가 한심하기 짝이 없었다. 물론 지금 같았으면 그렇게까지 속이 상하지 않았겠지만 당시에는 너무 속이 상했다.

나는 낯선 도시의 거리를 헤매 다녔다. 그런데 어

느 순간 아래를 보니 발 앞에 밝은 색의 두툼한 지갑이 떨어져 있는 게 아닌가! 두툼한 것으로 보아 큰 돈이 들어있는 것이 분명했다. 나는 자신도 모르게 멈춰 섰다. 그리고 '이 정도의 돈이면 멋진 호텔 방에 누워 뜨거운 커피를 마시고 달콤한 초콜릿을 먹을 수 있겠다'는 생각을 했다.

　나는 허리를 굽혀 지갑을 잡으려고 했다. 그런데 그때 지갑이 살짝 옆으로 움직이는 것 같았다. '배가 고파서 헛것이 보이나 보다' 하고 다시 한 번 지갑을 잡으려고 하는데 지갑이 또 옆으로 움직였다. 이번에는 꽤 많이 움직여서 손으로 잡기 힘들 정도였다. 나는 지갑을 잡기 위해 있는 힘을 다해 뛰어다녔다. 하지만 내가 뛰면 지갑은 더 멀리 달아날 뿐이었다. 내가 정신 나간 사람처럼 지갑을 잡으려고 뛰어다니고 있을 때 어디선가 아이들의 웃음소리가 들렸다. 알고 보니 아이들이 지갑을 실로 묶어 잡아당기고 있었던 것이다. 나는 속으로 '이 못된 녀석들!' 하면서 아이들을 잡으려고 했다. 그런데 그 순간 옛날에 나 때문에 골탕을 먹은 아저씨의 모습이 떠올랐다. 나는 나 자신이 부끄러워지기 시작했다.

그날 저녁에 나는 도시 외곽의 작은 숲에서 밤을 보냈다. 그리고 다음 날 아침에 시내에 있는 시장에서 빵과 물을 샀다. 하루 종일 시내를 걸어다니다가 밤이 되면 다시 숲으로 갔다. 드디어 경비 아저씨가 말한 '모레'가 밝았다. 나는 새벽 이른 시간에 철도 회사 사무실로 갔다. 하지만 문이 닫혀 있어서 아무것도 할 수 없었다. 나는 길바닥에 앉아서 문이 열리기만을 기다렸다.

사무실 문이 열리고 직원들이 일을 시작했다. 하지만 젖은 옷에 냄새까지 풍기는 내가 서류를 달라고 하자 사무실 직원이 미심쩍은 얼굴로 "누구시죠?" 하고 물었고 결국 여권을 확인한 후에야 돈과 서류, 검표기를 받을 수 있었다.

돈과 서류와 검표기가 내 주머니에 있는 것을 다시 한번 확인하고 나서야 나는 웃을 수 있었다. 나는 목욕탕에 들러 몸을 씻은 후에 식당에서 밥을 먹었다. 그리고 기차역에서 짐을 찾아 옷을 갈아입고 행복한 미소를 지으며 카프카즈로 돌아왔다. 드디어 아르바이트를 하기 위한 모든 준비가 끝났다.

할머니의 선물

지금 생각해도 나의 할머니는 나를 끔찍이 사랑해 주셨던 것 같다. 할머니는 우리 집에 올 때마다 많은 장난감을 선물로 주셨고 직접 만든 맛있는 케이크와 과자도 가지고 오셨다. 물론 맛있는 과자는 늘 내가 먼저 먹게 하셨다.

하지만 누나는 할머니의 사랑을 받지 못했다. 아니, 할머니는 누나를 좋아하지 않았다. 할머니가 과자도 주지 않았기 때문에 누나는 항상 화가 나 있었다. 아니, 누나는 할머니가 아니라 내게 화가 나 있었던 것 같다.

어느 여름날 할머니께서 우리 별장에 오셨다. 누

나와 나는 맛있는 것들이 가득 담긴 가방을 들고 오신 할머니를 반갑게 맞이했다. 하지만 이번에는 맛있는 과자가 없었다.

누나가 실망한 목소리로 말했다.

"할머니! 오늘은 과자 말고 아무 것도 없는 거야?"

할머니는 화를 내셨다.

"물론 있지. 하지만 이렇게 버릇없는 아이에게는 줄 게 없고 세상에서 제일 착한 민카에게 줄 선물은 있지."

할머니가 손을 내밀어 보라고 하시면서 새 동전 열 개를 내 손에 쥐어 주자 누나가 잔뜩 샘이 난 표정을 지어 보였다. 할머니는 사랑이 가득한 눈으로 나를 보시더니 이내 차를 마시러 안으로 들어가셨다. 그러자 누나가 이때다 하면서 내 손바닥을 탁 내리쳤다. 동전들이 풀밭 위로 떨어졌다. 나는 큰 소리로 울기 시작했다. 그리고 그 소리를 들은 부모님과 할머니가 달려와서 내 얘기를 듣고는 풀밭에 떨어진 동전을 찾기 시작했다. 하지만 동전은 아홉 개밖에 없었다.

할머니가 말했다.

"이럴 줄 알았어. 그러니까 렐랴에게는 동전을 주면 안 돼. 자기가 동전을 못 받았다고 동생한테 그렇게 하면 돼? 이 못된 계집애는 대체 어디로 도망간 거야?"

렐랴는 매 맞을 걸 알고는 벌써부터 나무 위로 올라가 있었다. 렐랴가 할머니에게 혀를 삐죽 내밀어 보였다. 그때 이웃에 사는 파블리크가 할머니에게 인사를 하더니 자기가 새총을 잘 쏘니까 누나를 새총으로 쏴서 나무에서 떨어뜨리겠다고 했다. 할머니는 "큰일 날라!" 하시면서 렐랴가 나무에서 떨어지면 다리가 부러질 수도 있으니 절대 새총으로 쏘면 안 된다고 하셨다. 할머니는 파블리크의 새총을 빼앗아 버렸다.

그러자 파블리크가 화를 내며 할머니의 등을 향해 새총을 쏘았다.

"아야!"

할머니가 소리쳤다.

"못된 렐랴 때문에 내가 새총까지 맞는구나. 더 이

상 이런 기막힌 일을 당하지 않으려면 앞으로는 너희들 집에 오지 말아야겠다. 차라리 사랑하는 손자 민카가 우리 집에 놀러오는 게 낫겠어. 앞으로는 민카에게만 선물을 줄 거야. 그럼 렐랴가 약이 좀 오르겠지.”

아버지가 할머니의 말을 듣고는 이렇게 말했다.

“네. 앞으로는 그렇게 하세요. 하지만 어머니! 어머니는 유독 민카만 칭찬하시는군요. 물론 렐랴가 잘못을 하긴 했어요. 하지만 민카도 세상에서 제일 착한 아이는 아니에요. 만약 착한 아이였다면 동전을 받지 못한 누나에게 동전 몇 개쯤 나눠 줬겠죠. 그랬다면 렐랴도 그렇게까지 샘을 내거나 심술궂은 행동을 하지는 않았을 겁니다.”

나무 위에 원숭이처럼 매달려 있던 누나가 말했다.

“세상에서 제일 훌륭한 할머니라면 모든 아이들에게 똑같이 선물을 나눠 주셔야지요. 그리고 미련한 건지 아니면 꾀를 부려서 그런 건지 모르겠지만 민카도 과자만 가지고 오셔서 서운해했어요. 단지 말을 안 한 것뿐이라구요. 그러니까 민카에게만 선물을 주시는 건 옳지 못하다고 생각해요."

할머니는 더 이상 동산에 계시고 싶지 않으셨던지 집으로 들어가셨고 부모님도 차를 마시기 위해 할머니 뒤를 따라가셨다.

내가 누나에게 말했다.

"누나! 나무에서 내려와. 내가 동전 두 개를 줄게."

나는 누나가 내려오자마자 약속한 대로 동전 두 개를 누나에게 주었다. 나는 신이 나서 집으로 뛰어갔다.

나는 차를 마시고 있는 부모님에게 자랑스럽게 말했다.

"할머니 말씀이 맞아요. 제가 세상에서 제일 착한 아이예요. 왜냐하면 동전 두 개를 누나한테 주고 왔거든요."

할머니와 엄마가 칭찬을 해주셨다.

"아이고! 우리 강아지가 제일 착하구나."

하지만 아버지의 표정은 할머니나 엄마의 표정과 달랐다.

"세상에서 가장 훌륭한 아이는 좋은 일을 했다고 해서 자랑하지 않아."

나는 동산으로 달려가 누나에게 동전 하나를 다시 주었다. 그러고는 아무에게도 그 일을 자랑하지 않았다.

이제 누나에게는 동전이 세 개나 있었다. 그리고 나중에는 부모님이 찾지 못한 동전까지 손에 넣었다. 누나는 동전 네 개를 들고 가서 아이스크림을 샀다.

그 많은 아이스크림을 두 시간 만에 먹어 치운 누나는 결국 배탈이 나고 말았다. 그리고 일주일 동안 꼼짝 못하고 침대에만 누워 있었다.

그 후로 많은 시간이 흘렀지만 나는 아직까지도 아버지의 말씀을 잊을 수가 없다. 물론 나는 세상에서 가장 훌륭한 사람이 되지 못했다. 그건 정말 하기 힘든 일이니까. 하지만 여러분! 나는 그런 사람이 되기 위해 열심히 노력했다. 그것만으로도 훌륭한 일이라고 생각한다.

위대한 탐험가들

나는 여섯 살이 될 때까지 지구가 둥글다는 것을 알지 못했다. 그런데 어느 여름날 아버지 친구의 별장에 갔을 때 '스쫍카'라는 별장 주인의 아들이 나에게 지구에 대해 가르쳐 주었다.

스쫍카가 말했다.

"지구는 둥근 모양이야. 그래서 지구 어느 곳에서 출발해도 한 바퀴 돌고 나면 다시 출발한 곳으로 돌아오게 돼."

하지만 나는 스쫍카의 말을 믿지 않았다. 그러자 스쫍카가 화를 내면서 내 뒤통수를 쳤다.

"야! 차라리 네 누나랑 가는 게 더 낫겠다. 너 같은 바보하고 지구를 탐험한다는 건 정말 지루하고 따분한 일이야!"

나는 지구 탐험을 무척이나 하고 싶었기 때문에 스쭙카에게 사과를 하고 내가 가장 아끼는 맥가이버 칼을 선물로 줬다. 칼이 마음에 들었던지 스쭙카는 나와 함께 지구를 탐험해 보자고 했다.

별장 앞마당에서 탐험가들의 회의가 열렸다. 그리고 스쭙카가 나와 나의 누나에게 진지한 태도로 말했다.

"내일 너희 부모님이 도시로 돌아가시고 우리 어머니가 강가로 빨래하러 가시면 우린 계획대로 지구 탐험을 시작할 거야. 여기 앞마당에서 출발해서 산과 들과 거친 광야를 지나서 계속 직진만 할 거야. 그러면 아까 민카에게 얘기했던 것처럼 지구는 둥그니까 결국 이곳으로 다시 오게 될 거야. 시간이 얼마나 걸릴지는 몰라. 어쩌면 일 년 정도 걸릴 수도 있어. 이상!"

"그런데 가는 도중에 인디언을 만나면 어떡하지?"

누나가 걱정스러운 목소리로 묻자 스쭙카가 여전

히 진지한 태도로 말했다.

"도중에 만나게 되는 인디언들은 모두 우리의 포로가 될 거야."

내가 자신 없는 목소리로 말했다.

"우리의 포로가 되지 않겠다고 하면 어떡해?"

스쫍카가 말했다.

"음, 포로가 되고 싶지 않다고 하면 그냥 놔두지 뭐."

누나가 말했다.

"내 저금통에 3루블 정도 있거든. 그 돈이면 충분할 것 같아."

"3루블이면 충분해. 아이스크림과 초콜릿만 살 거니까. 만약 배가 고파지면 가다가 작은 짐승을 잡아서 통째로 구워 먹으면 돼."

잠시 후에 스쫍카가 외양간에서 커다란 부대를 들고 나와서 탐험에 필요한 물건들을 담기 시작했다. 빵, 설탕, 햄, 접시, 컵, 포크, 칼 같은 것들이었다. 스쫍카는 잠시 생각을 하더니 크레파스와 장난감, 플래시와 커다란 토기 그리고 모닥불을 피우는 데 필요한 돋보기를 챙겨 넣었고 마지막으로 담요 두 장과 쿠션까지 쑤셔 넣었다.

저녁에 집으로 돌아온 스쫍카는 뭐 또 필요한 것이 없을까 생각하다가 새총 세 개와 낚싯대 그리고 나비를 잡을 때 필요한 잠자리채를 챙겨 넣었다.

다음 날 아침, 우리 부모님이 도시로 떠나고 스쫍카의 어머니가 빨래를 하러 가셨다. 계획대로 우리는 숲 속의 길을 따라 걸어가기 시작했다.

스쫍카의 강아지 투직이 앞장을 섰고 커다란 부대를 멘 스쫍카가 그 뒤를 따랐다. 그리고 누나가 줄넘기를 하면서 스쫍카 뒤를 따랐고 내가 맨 뒤에서 새총 세 개와 잠자리채, 낚싯대를 들고 따라갔다. 그렇게 걸은 지 한 시간 정도 지났을 때 스쫍카가 더 이상 참지 못하고 말했다.

"에이 씨, 부대가 너무 무거워서 더 이상 메고 갈 수가 없어. 아무래도 나 혼자서는 안 되겠어. 지금부터는 돌아가면서 부대를 메도록 하자."

우리 누나가 제일 먼저 부대를 멨다. 하지만 누나는 얼마 못 가서 힘이 빠져 버렸다. 누나가 바닥에 주저앉으며 말했다.

"자, 이제 민카 네 차례야."

무거운 부대를 어깨에 메는 순간 나는 너무 무거워서 깜짝 놀랐다. 더 놀라운 것은 부대가 아무리 무거워도 어쩔 수가 없다는 것이었다. 누나의 얼굴을 보면서 도저히 안 되겠다고 말하려는 순간 나는 더이상 아무 말도 할 수가 없었다. 나는 그 무거운 것을 메고 걸어갈 수밖에 없었다. 나는 무거운 부대가 몸을 짓눌러서 걸을 때마다 이리저리 비틀거렸다. 결국 나는 열 걸음도 못 가서 도랑에 빠지고 말았다. 그리고 더 웃기는 것은 짐이 도랑에 빠질 때 내 몸이 함께 빠졌고 내 몸이 짐 위에 떨어질 때 접시와 컵, 도자기가 깨졌다는 것이다.

내가 도랑에서 허우적거리는 것을 보고 누나와 스쭙카가 배를 잡고 웃기 시작했다. 나 때문에 접시와 컵이 깨졌는데도 화를 내기는커녕 웃느라 정신이 없었다.

스쭙카가 '투직' 하고 강아지를 불렀다. 그러고는 말 등에 짐을 싣듯 무거운 짐을 강아지 등에 얹으려고 했다. 하지만 투직은 우리가 뭘 원하는지 알지 못했고 우리 역시 작은 강아지 등에 어떻게 짐을 얹어야 할지 몰랐다. 우리가 고민을 하는 사이에 투직이 부대를 뜯어 햄 하나를 먹어 치웠다.

짐은 우리가 옮길 수밖에 없었다. 두 시간 정도 지났을 때 우리는 숲속을 빠져나와 작은 초원에 다다랐고 그때 스쫍카가 휴식 시간을 주면서 진지한 목소리로 말했다.

"쉬거나 잠잘 때는 우리가 계속 가야 할 방향으로 다리를 뻗자. 그러면 길을 잃지 않을 거야. 책에서 봤는데 위대한 탐험가들이 모두 그렇게 해서 길을 잃지 않았대."

스쫍카가 바닥에 앉아 다리를 뻗었다. 그리고 부대에서 음식을 꺼내 먹었다. 빵에 설탕을 뿌려 먹으니 완전 꿀맛이었다. 그때 갑자기 땅벌들이 나타났고 땅벌 한 마리가 내 빵을 먹으려고 공격하다가 내 뺨을 쏘았다.

경험 많은 스쫍카가 내 뺨에 흙을 발라주었다. 그러고는 필요 없는 물건들을 부대에서 꺼내 버리기 시작했다. 짐이 훨씬 가벼워지자 스쫍카가 신이 나서 말했다.

"자, 출발!"

그때 맨 끝에 있던 내가 울면서 말했다.

"잉잉, 나 집에 갈 거야. 탐험 따위 하지 않을래, 잉잉잉."

재미가 없어진 누나도 한숨을 쉬며 말했다.

"집에서도 얼마든지 재미있게 놀 수 있는데……."

하지만 스쫍카는 우리와 생각이 달랐다.

"집에 가겠다고 하는 사람은 나무에 묶어서 개미 밥이 되게 할 거야."

우리는 기분이 나빴지만 지구 탐험을 계속 할 수밖에 없었다.

날이 어두워지기 시작하자 스쫍카가 말했다.

"오늘 밤은 여기서 보내도록 하자."

스쫍카는 우리에게 나뭇가지를 모아 오라고 했다. 그러고는 불을 붙이겠다면서 돋보기를 꺼냈다. 하지만 구름이 해를 가리자 금방 풀이 꺾여 버렸다.

마지막 희망이었던 스쫍카의 기 죽은 모습을 보니

우리는 눈앞이 캄캄했다. 우리는 남아 있는 빵 부스러기를 먹은 후에 곧바로 잠을 자기 위해서 누웠다. 스쫍카는 여전히 확신을 가지고 있었다.

"이렇게 해야 내일 아침에 어디로 가야 할지 알 수 있거든."

스쫍카는 곧바로 잠이 들었다. 하지만 누나와 나는 잠이 오지 않았다. 누나는 마른 나뭇가지를 뱀으로 잘못 알고 비명을 질렀고 나는 소나무에서 떨어진 솔방울이 큰 벌레인 줄 알고 소리를 질렀다. 그러나 그것도 잠시, 많이 피곤했던 우리는 공포와 싸울 힘도 없어서 잠이 들고 말았다.

누나가 나를 흔들어 깨웠을 때 스쫍카는 아직 깊은 잠에 빠져 있었다. 아직 해도 뜨지 않은 이른 아침이었다.

누나가 나지막한 소리로 속삭였다.

"민카! 스쫍카가 아직 자고 있으니까 스쫍카의 다리를 집 쪽으로 돌려 놓자. 이러다가는 정말 큰일 나겠어."

누나와 나는 동시에 스쫍카를 바라보았다. 얄밉게

도 스쫍카는 행복한 미소를 머금은 채 편안하게 잠들어 있었다. 우리는 스쫍카의 다리를 집 쪽으로 돌려 놓았다. 깊은 잠에 빠진 스쫍카는 신음 소리를 내면서 '야, 빨리 도와줘. 그들이 쳐들어오고 있어'라고 잠꼬대를 할 뿐이었다. 인디언들이 쳐들어오는 꿈을 꾸는 것 같았다.

우리는 스쫍카가 잠에서 깨기만을 기다렸다. 아침 햇살이 비치자 스쫍카가 잠에서 깨어나 말했다.

"다리를 이렇게 뻗고 자지 않았으면 큰일 날 뻔했어. 이게 다 내 덕분인 줄 알아, 하하하하."

스쫍카의 말을 들은 누나와 나는 이렇게 말했다.

"그래, 스쫍카가 최고야!"

스쫍카가 손가락으로 집 쪽을 가리키며 말했다.

"자, 이쪽으로 가자! 지구는 둥글기 때문에 계속 똑바로 가면 처음에 출발했던 곳으로 돌아가게 될 거야."

그때 뒤에서 마차 소리가 났다. 어떤 아저씨가 우리 마을쪽을 향해서 가고 있었던 것이다.

스쫍카가 말했다.

"그런데 말이야, 교통수단을 이용하는 것도 나쁘지는 않아."

스쫍카가 마차에 올라타자고 했다. 하지만 아저씨의 허락도 없이 어떻게 마차에 올라탄단 말인가! 우리는 아저씨에게 태워 달라고 사정을 했고 마음씨 착한 아저씨는 마차를 세워 우리를 태워 주셨다.

우리는 한 시간도 안 걸려서 마을에 도착했다.

"와, 우리 마을이랑 똑같이 생긴 마을이다! 하긴 지구 탐험을 하면 이렇게 되는 거지 뭐."

잠시 후에 작은 항구가 눈에 들어왔는데 마침 배 하나가 항구로 들어오고 있었다.

"와, 벌써 지구 한 바퀴를 다 돈 거야?"

스쫍카가 놀라면서 말했다.

누나와 나는 '피이' 하면서 웃었다. 우리는 부모님과 할머니 그리고 유모가 부두에 내리는 것을 보고 얼른 그곳으로 달려갔다. 부모님께서 우리를 반갑게 맞아주셨고 유모도 걱정스러운 얼굴로 우리에게 말했다.

"얘들아! 난 너희들이 강물에 빠져 죽은 줄 알았

어.”

누나가 대답했다.

“물에 빠져 죽었으면 지구 탐험도 하지 못했을 거예요.”

어머니가 놀라면서 말했다.

“뭐? 지구 탐험? 이 녀석들 말도 안 듣고……. 혼 좀 나야겠구나.”

그러자 아버지가 말했다.

“그만 둬, 다 지나간 일인데 뭘.”

할머니가 나뭇가지를 손에 들고 말했다.

“이 녀석들 혼 좀 나야겠구나! 내가 큰 녀석을 맡을 테니 어멈은 민카를 혼내도록 해.”

그런데 그때 아버지가 말했다.

“아이들을 막대기로 때리는 건 옛날 방식이에요. 아이들도 자기가 무엇을 잘못했는지 알고 있을 겁니다.”

그러자 어머니가 한숨을 쉬면서 말했다.

“애들이 왜 저렇게 어리석은지 모르겠어요. 구구단도 모르고 지리학도 모르는데 어떻게 지구 탐험을 할 생각을 했을까요?"

아버지가 말했다.

"구구단과 지리학을 안다고 해서 할 수 있는 일이 아니야. 지구 탐험을 하려면 적어도 대학은 졸업해 야 해. 대학에서 가르치는 우주과학도 잘 알아야 하 고. 지구 탐험을 한답시고 아무 지식도 없이 고향을 떠나면 안 되는 거야."

우리는 집으로 가서 점심을 먹었고 우리의 모험담 을 들은 아버지와 어머니는 놀라면서도 즐거운 웃음 을 지어 보였다.

스쫍카의 어머니는 지구 탐험을 한 것에 대한 벌 로 스쫍카를 작은 목욕탕에 가두었고 우리의 위대한 지구 탐험가는 하루 종일 목욕탕에 갇혀 있어야 했 다. 저녁이 되어서야 자유의 몸이 된 스쫍카는 마치 아무 일도 없었다는 듯 예전처럼 우리와 함께 놀았 다.

끝으로 투직에 대해 한마디 하겠다. 그날 투직은 마차 뒤를 졸졸 따라오느라 피곤했는지 집에 도착하 자마자 송아지가 있는 외양간에 들어가 깊은 잠에 빠졌다. 그리고 잠에서 깨어 저녁을 먹은 후에 또다시 잠이 들었다. 투직이 무슨 꿈을 꾸었는지는 알 수 없었다.

그날 나는 편안한 침대에서 잠이 들었고 새총으로 큰 호랑이를 잡는 꿈을 꾸었다.

3부

조셴코의 문학 세계와
1920~40년대 러시아의 모습

미하일 조센코의 문학 세계

조센코는 전쟁터에서 자신의 청춘을 보냈다. 처음에는 제1차세계대전이었고 그 다음은 내전이었다. 혁명과 볼셰비키의 집권을 환영한 조센코는 '20세기 초 모든 것이 몰락해 가고 있다'고 여겼고 이러한 그의 생각은 당시의 문학에 대해서도 마찬가지였다. 하지만 시인 마야콥스키와 블로크 그리고 작가 고리키만은 예외였다. 조센코는 그들을 인정했다.

조센코가 자신의 글을 발표하기 시작한 것은 1922년부터였다. 그는 단편집을 내면서 유명해졌고 정권으로부터도 시인을 받았다. 왜냐하면 그가 쓴 글들이 하나같이 혁명에 대한 열광과 밝은 미래에 대한 믿음으로 가득 차 있었기 때문이다. 가령 고리키의 조언을 듣고 집필하게 된 《하늘빛 책》(1934)에서 그는 밝은 이상이 승리하는 시대, 선이 악을 이기는 시대로서 '사회주의의 시대'를 묘사했다. 이 책에는 밝고 낙관적인 이야기들만 실려 있었고 이후에도 그와 같은 식의 작품들이 발표되었다(《되찾은 젊음》(1933) 등).

1920~30년대에 조셴코는 소비에트연방에서 아주 유명한 작가가 되어 있었다. 전국을 돌아다니며 연설을 했고 그가 쓴 책들은 인기리에 판매되었다. 제2차 세계대전이 시작되었을 때 그는 전선으로 가고 싶었지만 건강상의 이유로 갈 수 없었다. 알마티로 후송을 가게 된 조셴코는 거기서 영화 〈병사의 행복〉과 〈떨어진 나뭇잎〉을 위한 시나리오를 썼다.

1943년에 모스크바로 돌아온 후 조셴코는 잡지 〈악어Крокодил〉에서 일하게 되었고 이때 연극을 위한 작품들을 많이 쓸 수 있었는데 희극 《삼베 가방》의 경우 1년에 200회 이상 공연되기도 했다.

그 무렵에 조셴코는 중편 《해 뜨기 전에》를 집필하고 있었다. 그것은 젊은 시절에 읽었던 니체의 글들이 그에게 깊은 인상을 주었기 때문에 가능한 것이었다.《해 뜨기 전에》는 제2차 세계대전 시기에 발표되었는데 이유는 조센코의 생각에, 니체의 '의지와 이상 숭배'가 민중의 전투적 의지를 드높일 수 있을 것 같았기 때문이다. 하지만 결과는 딴판이었다. 당에서 '지나친 자기 분석과 천박함'에 빠져 있다면서 그를 소비에트 문학의 적이라고 불렀던 것이다. 그 일로 인해 작가는 박해를 받기 시작했다. 그는 작가 동맹에서 제명되었고 연금 수령 시기가 되었음에도 연금을 지급받지 못했다. 그는 살아남기 위해 통역 활동을 해야 했고 신발공장에서 부업을 해야 했다.

조센코는 1958년에 세상을 떠났다. 비록 볼콥스키 공동묘지에 다른 작가들과 함께 안장되지는 못했지만 많은 사람들이 그를 좋아했고 그의 이야기들을 읽었다.

*　　*　　*

혁명 후의 소비에트 사회라는 새로운 역사적 조건

속에서 고골과 레스코프, 체홉의 전통을 계승하며 누구도 흉내 낼 수 없는 예술적 스타일을 구축한 조센코는 독특한 유머와 서정적인 아이러니로 소비에트 시대의 삶, 어리석고도 보잘것없는 사람들의 삶을 풍자했다. 한마디로 미하일 조센코의 창작은 러시아 소비에트 문학에서 하나의 독특한 현상이었다고 말할 수 있다. 약 40년 동안 러시아 문학에 많은 기여를 한 조센코의 창작 세계는 크게 세 단계로 나누어 살펴볼 수 있다.

1920년대에 해당하는 첫 번째 단계는 작가의 재능이 활짝 꽃을 피운 시기였다. 이 시기에 조센코는 〈하마Бегемот〉, 〈말썽꾸러기Бузотер〉, 〈붉은 까마귀 Красный ворон〉, 〈검열관Ревизор〉, 〈괴짜Чудак〉 등 당시의 이름 있는 풍자 잡지들에 '사회적 악폐를 풍자하는' 글들을 발표했다. 이 시기는 조센코의 단편 및 중편 소설의 형식이 형성되고 구체화되는 시기였다.

두 번째 단계인 1930년대에 조센코는 주로 규모가 큰 산문 및 희곡 장르의 글들을 썼으며 낙관주의적 풍자를 지향했다(《되찾은 젊음Возвращенная мол одость》(1933), 《한 생애의 역사Исто́рия одно́й жи́зни》(1934), 《하늘빛 책 Голуба́я кни́га》(1935)). 그러나 단편 소설 작가로서 조센코의 예술 세계는 이 시기에 큰 변화를 겪는다(어린이 이야기들과 레닌에 관한 이야기들을 이 시기에 썼다).

마지막 단계는 전쟁 시기와 전후 시기에 해당한다. 조센코는 김나지움(고등학교)을 마친 후 페테르부르크대학 법학부에서 수학했지만 1905년, 학업을 채 마치기도 전에 조국을 위해 당당하게 죽기 위해 야전부대에 자원 입대했고 2월혁명 후에는 의병제대를 하여 페트로그라드 중앙우편국 국장으로 일했다. 두 번의 전쟁과 혁명을 겪으면서 미래의 작가 조센코는 정신적으로 크게 성장할 수 있었다. 그의 문학적, 미학적 신념이 형성된 것도 바로 이 시기였다.

1920년대는 조센코의 창작에서 풍자적 콩트, 코믹 단편 소설, 풍자-유머 중편 소설 등 다양한 장르들이 꽃을 피운 시기였으며 특히 1920년대 초에는 막심 고리키가 높이 평가한 일련의 작품들이 조센코에 의해 집필되었다. 1920년대에 발표된 작품들은 작가가 직접 목격하거나 독자들로부터 전해 들은 구체적인 사실들에 기초하고 있으며 그 주제도 매우 다양하다. 신경제정책과 일상생활에서 드러나는 추악한 모습과 기형성, 소시민근성과 속물근성의 발현, 관리들의 오만방자한 전횡, 비굴함 등이 그것이다.

흔히 조센코의 이야기들은 독자와 자연스럽게 대화를 나누는 형식으로 구성되어 있으며 그가 발견한 사회적 결함들이 도저히 용납될 수 없는 성격을 띨 경우 저자의 목소리에 사회 평론적인 어조가 나타났다. 풍자 단편 소설들에서 조센코는 야비한 인간들, 즉 개인의 행복을 위해서라면 인간적인 모든 것을 기꺼이 짓밟아 버리려는 사람들의 모습을 보여주었다.

소비에트 러시아 시대의 풍속을 풍자한 작가로서 조센코는 소유욕이 강한 속물-소시민을 분석 대상으로 삼았고 따라서 작품에 등장하는 인물들의 범위가 극히 협소하다는 비판을 받았다. 유머 중편 소설에 등장하는 군중이나 대중의 형상이 없고 플롯의 전개 속도도 느리며 등장인물들에게서는 다른 작품들의 주인공들에게서 볼 수 있는 역동성도 찾아볼 수 없다고 비판을 받았다.

그럼에도 불구하고 막심 고리키는 풍자-유머 문학에 대한 미하일 조센코의 기여를 매우 크게 보았다. 사실 고리키는 조센코에게 테마를 고 작품을 쓰게 함으로써 조센코가 이전까지는 없었던 새로운 장르를 모색하는데 도움을 주었다.

당시 조센코의 창작활동은 단순한 한 개인의 활동이 아니라 의미심장한 하나의 사회적 현상이었다. 윤리적 권위에 도전하고 사회풍속적 교육을 하는데 풍자가 차지하는 위상이 조센코 덕분에 현저히 높아졌던 것이다. 당시 조센코의 특별한 창작활동은 복잡하고 어려운 사회적 상황을 '웃음을 통한 폭로'를 하고자 하는 수많은 젊은 작가들에게 본보기가 되었다.

소시민 근성과 속물 근성, 소련 사회의 관료주의와 부패를 풍자하는 소설로 명성을 떨치고 삭막한 이념의 시대를 웃음으로 묘사함으로써 독자들의 큰 사랑을 받은 조센코는 지금까지도 20세기 러시아 풍자문학의 대표 작가로 기억되고 있다.

1920~40년대 러시아의 모습

한국 사람들에게는 잘 알려지지 않은, 제1차 세계대전 후 러시아의 모습을 사진으로 살펴본다. 소위 소비에트연방 시대의 러시아는 우리가 생각했던 것처럼 그렇게 철저하게 통제되고 자유가 없는 사회는 아니었다. 어떻게 보면 60~70년대 대한민국과 비슷한 점도 많다. 당시의 러시아인들은 자유와 민족의 번영에 대한 희망으로 가득 차 있었다. 여기에 실린 사진들은 그러한 당시의 모습을 잘 보여주고 있다. 평범한 사람들이 살아가는 평범한 모습을 통해 조센코의 문학세계를 보다 잘 이해할 수 있을 것이라 생각된다.

시골에서 도시로 올라온 농부들

모스크바강에서 빨래를 하는 여인들

아스팔트를 깔고 있는 노동자들

전차를 타는 사람들(1930년대)

물건을 사려는 사람들로 붐비는 모스크바 시장

지하철 객차 안의 사람들

크레믈린 궁 근처에서 책을 팔고 있는 노점상

붉은 광장에서 연주하며 행진하는 프롤레타리아 오케스트라

집 없이 떠돌아다니는 아이들

버스를 타려고 줄을 선 모스크바 시민들

자신이 수확한 작물을 시장에서 파는 농민들

도로 포장을 하고 있는 사람들

거리의 구두닦이(바툼, 1928년)

혁명 11주년을 기념하는 레닌그라드 시민들
(레닌그라드 우리츠키 광장, 1928년)
레닌그라드=현 상트 페테르부르크

포스터를 보고 있는 행인들(레닌그라드, 1929년)

말이 끄는 택시(세바스토폴, 1929년)

공중전화 박스(레닌그라드, 1929년)

1920-1930년대의 포스터(미래의 밝은 승리를 위해)

1920-1930년대의 도시 모습

1930년대의 공중 목욕탕

1920-1930년대 여성들의 복장

1920~1930년대의 시골 모습

1924년도의 1루블 주화

풍자와 유머로 관료사회와 소시민성을 꼬집은 미하일 조센코 단편소설집

남편의 죽음을 허락하지 않은 아내

초판 1쇄 인쇄 2019년 4월 25일

지은이 미하일 조센코
옮긴이 예브게니 빠나마료프
편 집 이재필
펴낸이 강완구
펴낸곳 써네스트
디자인 임나탈리야

출판등록 | 2005년 7월 13일 제 2017-000293호

주 소 | 서울시 마포구 망원로 94, 2층 203호

전 화 | 02-32-9384   **팩 스** | 0303-0006-9384

이메일 | sunestbooks@yahoo.co.kr

ISBN | 979-11-86430-87-3 (03890)   값 10,000원

2019ⓒ예브게니 빠나마료프
2019ⓒ써네스트

이 도서의 국립중앙도서관 출판예정도서목록(CIP)은 서지정보유통지원시
스템 홈페이지(http://seoji.nl.go.kr)와 국가자료종합목록시스템(http://
www.nl.go.kr/kolisnet)에서 이용하실 수 있습니다.
(CIP제어번호 : CIP2019014480)